날씨 '소나기'

KB207678

도화

안녕하세요, 작가 도화입니다.

〈작가소개〉

저는 잘난 사람은 아닙니다. 멋진 사람도 아닙니다. 저는 아직도 '당신은 누구냐?'는 질문을 받으면 존재의 경계는 어디일지 상상하며, 광활한 사유의 늪에서 허덕이는 사람입니다.

이름이 나일까? 사고하는 주체가 나일까? 내가 생활하는 장소와 일터가 나일까? 사회적 관계 속의 교차점이 나일까? 여전히 나는 많고, 그렇기에 나를 모르겠습니다. 하지만 굳이 저를 소개하자면 이렇게 소개하고 싶습니다.

저는 삶의 의미란 무엇인가를 고민하는 부류의 인간입니다.

삶이란 추상적인 것이라 한 문장으로 정의되는 답이란 존재하지 않습니다. 그렇기에 정답이 없는 이 세상에서 가장 매력적인 것은 멋진 질문입니다. 멋진 질문은 삶을 더듬는 유일한 손길이거든요.

글에 더 깊은 질문을 담고 싶어 많이 애썼습니다. 부디 제 글이 저와 당신을 좋은 질문으로 인도하기를 진심으로 바랍니다.

이 책을 펼친 당신에게

안녕하세요?

이 책을 펼쳐 주셔서 감사합니다. 얼마나 많은 우연을 넘어서 당신께 제 글이 닿았을까요? 저는 감히 이것을 기적이라 부르고 싶습니다. 물론 당신께서 허락하신다면요.

이 책은 이별에 대한 책입니다. 그리고 이별에 대한 책은 곧 사랑에 대한 이야기이기도 합니다. 사랑과 이별은 동전의 앞과 뒤처럼 함께하거든요. 그 양면성을 닮은 이 책 역시 우울한 동시에 달콤합니다. 그런데 저는 동전의 달콤한 면만 보고 싶어 합니다. 아픈 뒷면은 외면하려 합니다. 삶에 들어있는 대부분의 것들이 그렇듯, 동전의 한쪽 면만 가질 수는 없는데도 말이죠.

누군가를 사랑하는 일은 배우지 않아도 할 수 있습니다. 우리의 첫사랑을 떠올려 보세요. 누군가 가르쳐준 것은 아니지만 우리 모두 풋풋한 설렘을 가슴에 꼭 안고, 남몰래 아꼈습니다.

그러나 이별은 그렇지 않습니다. 다들 비슷하게 시작하는 사랑과 달리 누구나 제각각의 이유로 제각기의 아픔을 겪습니다. 어찌할 지 모를 혼란과 난생 처음 겪어보는 상실의 고통이 파도처럼 밀려옵니다. 밤마다 베개를 적시고, 이불을 꽉 붙잡고, 땅이 꺼져라 한숨을 쉬며, 괜히 달빛이 처량해집니다. 그 거대한 감정의 격류에서 우리는 '나'라는 인간이 얼마나 나약한지를 깨닫습니다.

그래서 저는 이 책을 썼습니다. 그 혼란스러운 이별의 아픔을 더듬어보기 위해서, 감춰진 동전의 뒷면이 얼마나 아픈지 만져보기 위해서. 동전의 뒷면을 후회하지 않기 위해서.

당신께서도 아마 사랑을 했겠지요.
그렇다면 당신께도 상처가 있을 것입니다.

누군가를, 혹은 무언가를 사랑하여 몸을 던지는 사람이라면 누구나 상처를 가지고 있습니다. 사랑하는 것에 나를 내던지는 일은 참을 수 없이 아프고, 참을 수 없이 소중한 일이거든요.

사랑을 위해 기꺼이 아파한 당신께 이 글을 통해 여쭙고자 합니다.
당신의 마음은 안녕하십니까?

목차

1부 - 폭우

"견디고 있는 사람은 언젠가 지쳐. 괜찮은 사람은 견디지 않아도 되는 사람이야."

"대부분의 커다란 감정은 예고 없이 찾아온다. 사랑이 그러했고, 슬픔이 그러했다."

●

그 날 내린 소나기에는 바닷물이 섞여 있었다. 우산을 찾지 못한 머리칼이 온통 소나기에 젖었을 때 연한 짠맛이 입술을 쓰다듬었으므로 알 수 있었다.

"잘 가."

사랑을 상실하는 것은 언제나 잔혹하다. 허락도 없이 내 갈비뼈 안에 들어 앉고는 허락 없이 가슴을 찢고 떠나간다. 나를 떠나는 이 사람을, 나는 감히 '날붙이'라 부르겠다. 그는 차갑고, 단단하며, 망설임 없이 내 부드러운 가슴을 찢었고, 그에게 붙은 나의 붉은 미련을 빗물에 말끔히 씻어냈다.

"그래."

나는 울지 않았다. 내 볼을 타고 흐르는 것은 빗물일테다. 그럼에도 목소리는 떨리었다. 폭우가 나를 거세게 흔든 탓이다. 그가 쓰고 있던 우산을 내게 내밀었다.

"이거 쓰고 가."

그제서야 우산을 벗어난 그의 어깨가 젖었다. 나는 우산을 받아 들지 않았다. 어리석은 반항심이었고, 조금이라도 더 연약해 보이면 그가 약해질까 바라는 치졸한 간절함이었다. 내가 묵묵히 비를 맞고 서 있자 그는 한숨을 쉬고 몸을 돌렸다. 우산은 단단하게도 그의 오른손에 들려 있었다. 내 왼손이 있어야 할 자리였다. 그리고 나는 홀로 빗속에 남겨졌다.

우리가 헤어진 것은, 아니, 내가 그를 상실한 것은 나의 잘못이었다. 사람의 마음이란 본래 구름 같은 것이기 때문이다. 구름이 산에 머무르지 못하는 것은 구름의 탓이 아니다. 산이 너무 낮은 탓이다.

어쩌면 그냥 그를 탓하고 싶지 않은 마음일지도 모른다. 한때 사랑했던 사람을 탓하기보다는 내가 너무 낮은 산이었음을 탓하는 것이 더 편했다.

집에 돌아와 현관에 한참을 서 있었다. 온 몸이 젖어서 집 안에 들어갈 수 없기 때문이기도 했고, 젖은 옷을 빠르게 처리할 만한 기운이 없기 때문이기도 했다.

나는 밖에서 가져온 빗물로 현관을 잔뜩 적신 뒤에야 잘 벗어지지 않는 신발을 벗고, 집으로 들어섰다. 옷을 벗어서 세탁기에 넣었다. 옷이 꽤 무거웠다. 그가 막아주지 못한 비가 한참이나 내게 내린 탓이다. 세탁기를 돌리고 화장실 앞에 섰다. 비에 젖은 머리칼이 엉망이었다.

아마 그도 이 모습을 보았겠지. 그에게 마지막으로 보여준 모습이 이런 흉한 꼴이라는 것이 후회되었고, 그런 것을 후회하는 내 자신이 우스워서 눈물이 나올 것 같았다.

나는 울지 않기 위해 눈을 감고 고개를 뒤로 젖혔다. 더 이상 그를 생각하면 안된다. 따뜻한 물을 틀어서 추위로 떨리는 몸에 끼얹었다. 금세 화장실 안에 김이 뿌옇게 찼다. 샤워를 하며 맞는 따뜻한 물은 그와 함께 맞았던 소나기보다 차가웠다.

내 마음이 아무리 차갑게 식어도 여름은 뜨겁다. 뜨거운 열기가 나를 깨웠다. 참 힘겨운 아침이었다. 몸을 일으키니 현기증이 일었다. 어제 비를 맞아서 감기라도 오려는 것일까?

나는 목이 타서 방을 나와 냉장고로 향했다. 냉장고 안에는 물이 없었다. 어제는 하늘에서 바라지도 않던 물이 잔뜩 내렸건만, 지금은 내 갈증을 채울 물 한 컵이 없다. 나는 물 대신 오래 전에 넣어두었던 두유를 하나 꺼내 마셨다.

인간의 몸은 솔직하다. 마음이 어떻든 허기가 지면 먹고 싶고, 목이 마르면 마시고 싶으며, 피곤하면 자고 싶다. 어쩌면 마음은 몸에 있는 것이 아닐지도 모른다는 생각을 했다. 마음은 몸이 아닌 상태에 있는 것이다. 그러니 몸은 마음에게는 눈길도 주지 않은 채 나를 허기지게 만들고, 피곤하게 만든다.

문득 어제 돌린 빨래가 여전히 세탁기 안에 있는 것이 떠올랐다. 잠시 망설였으나 나는 빨래를 널지 않고 다시 침대로 향했다.

회사에 병가를 내고 이틀 동안 침대 밖으로 나가지 않았다. 밥도 먹지 않았다. 그리고 이틀이 지나서야 침대 밖으로 나가고 싶어졌다. 처음엔 내가 그를 그리워하다 이 침대에서 죽을 것 같다는 생각이 들었다. 그때는 아무런 욕구도 없었고, 몸도 좋지 않았으니까.

그러나 감기 기운이 물러가려는 기미가 보이자 방을 나가고 싶은 욕구가 일었다. 나는 그 욕구에 힘입어 이틀 동안 쳐다보지도 않았던 핸드폰을 켰다. 친구와 회사 동료가 보낸 문자들이 주르륵 알림을 띄웠다. 대부분의 내용은 몸이 많이 아프냐는 안부 문자였다. 나는 가장 친한 친구인 민지에게만 답장을 했다.

[오늘 시간 돼?]

곧 답장이 왔다.

[무슨 일 있어?]

나는 핸드폰에 헤어졌다고 쓰던 것을 지웠다. 기록을 남기고 싶지 않았다. 이런 마음이 어디에서 기인한 것인지는 몰랐지만, 그냥 그러고 싶었다.

[만나서 얘기 해줄게]

민지는 퇴근이 5시니 5시 반에 만나자고 말했다. 회사 근처 작은 카페에서 만나기로 하고는 핸드폰을 껐다. 나갈 준비를 해야 했다.

카페에는 사람이 많았다. 나도 모르게 절로 어깨가 움츠러들었다. 내부를 둘러보니 빈자리가 몇 있었다. 민지의 얼굴은 보이지 않았다. 자리에 앉아서 기다릴 요량으로 메뉴판을 쓱 훑어보았다. 여름이라 차가운 메뉴에 추천 마크가 붙어 있었다. 몸이 나아지긴 했지만 감기 기운이 사라진 것은 아니었기에 나는 따뜻한 커피를 한 잔 주문했다. 내 주문을 받은 카페 알바생은 정말 따뜻한 것이 맞느냐고 다시 물었다. 이 여름에 따뜻한 음료를 마시는 사람은 드물겠지. 나는 그렇다고 대답했다. 따뜻한 커피를 받아 들고 자리에 앉는데 핸드폰이 울렸다. 민지였다.

[미안. 오늘 못 만날 것 같아.]

나는 그 문장을 빤히 내려다보았다. 평소라면 아무렇지 않았을 그 문장이 오늘은 너무 시렸다. 곧 변명 섞인 문자가 날아왔다. 요약하자면 갑작스레 야근을 하게 되어서 만나기 힘들다는 이야기였다.

시간을 보니 정확히 5시였다. 나는 카페에 가만히 앉아서 창 밖을 보았다. 햇살이 지면에 부딪쳐 산산이 부서지고, 하늘은 눈이 부실만치 파랗다. 내 마음과 정 반대의 풍경이었다.

난 이렇게 힘든데. 이렇게 힘든 일을 이야기해주려 했는데. 내 아픔을 보여주고 싶었는데 아무것도 모르는 그녀는 가볍게 내 깊은 상처를 거절했다. 나의 서운한 마음은 그녀의 탓이 아니다. 내 상처가 깊은 탓이다. 너무 깊은 상처는 부드러운 손길에도 쉬이 신음을 흘린다. 그래. 오히려 잘 된 것이다. 슬픔은 나누면 배가 된다고들 말하지 않던가?

슬픔에 대해 생각하니 이 슬픔이 마치 그인 것처럼 느껴졌다. 그가 남긴 상처가 그처럼 친밀하게 느껴지는 것은 어떤 연유일까? 나는 모른다. 단지 그렇게 생각하니 이 슬픔을 남들과 나누지 않고 독점하고 싶었다. 이 슬픔은 내 것이다. 나만의 것이다. 나는 이 슬픔을 누구에게도 빼앗기지 않겠다고 다짐했다. 내 마음에 넣어두고 천천히 녹여서 사라질 때까지 이 슬픔을 품을 것이다.

카페에 홀로 앉아 창 밖을 보며 커피를 마셨다. 핸드폰도 보지 않았고, 책도 읽지 않았다. 나는 그저 창 밖을 보았고, 커피를 홀짝였다. 그리고 그를 생각했다.

○

그를 처음 만난 것도 카페였다. 대학교 1학년 때 첫 조별과제를 위해 모인 자리였다. 우리 조는 네 명이었는데 남자가 둘, 여자가 둘이었다. 남자 둘 중 하나가 그였다. 그는 서글서글하게 웃으며 인사했다.

"안녕하세요. 저는 '강산'입니다."

그의 머리칼은 거칠었다. 잔머리가 이리저리 삐져 나온 머리칼은 정돈하려 했지만 실패한 것 같았다. 옷차림은 깔끔했다. 단정한 검은 바지에 파란색 니트를 입고 있었다. 안경을 쓰고 있었지만 도수가 그리 높아 보이지는 않았다. 우리 조원들은 하나 둘 자기소개를 했고 마지막으로 내 차례가 왔다.

"안녕하세요. '이바다'입니다."

그가 나를 보며 활짝 웃었다.

"저만큼 특이한 이름이네요!"

나도 그를 보며 웃었다. 우리 둘의 이름에는 강과 산과 바다가 전부 들어 있었다. 묘한 기분이 들었다.

그는 말재주가 좋았다. 언변이 화려했고, 논리적이었으며 농담도 잘했다. 남을 흉보는 일도 없었다. 그의 농담은 상처받는 사람이 생기지 않는 그런 농담이었다.

게다가 그는 섬세하기도 했다. 내가 음식을 먹다가 무언가를 찾아 두리번대면 어떻게 알았는지 곧장 휴지를 건네었다. 또, 동시에 무던하기도 했다. 남들의 짓궂은 말이나 불편한 상황도 넉살 좋은 말들로 잘 넘겼고, 아무렇지도 않게 여겼다.

내가 그를 사랑하는 일은 어쩌면 당연했다. 그는 대부분의 사람들에게 사랑받았기 때문이다. 그가 나를 떠날 수 있었던 이유도 아마 그 때문일 것이다. 내가 없어도 그는 받는 사랑이 많았다.

●

시계를 보고 자리에서 일어났다. 이제는 집에 돌아가야 한다. 친구를 만나지 못한 것이 아니라 카페로의 짧은 여정을 마쳤다고 생각하자. 덕분에 그에 대한 생각을 더 많이 할 수 있었다. 자리에서 일어서는데 핸드폰이 울렸다. 핸드폰에 민지의 이름이 떴다. 나는 잠시 고민하다가 전화를 받았다.

"여보세요?"
[야! 너 왜 헤어졌다고 말을 안 했어!]

말을 했으면 무언가 달랐을까? 아마 달라지지 않았을 것이란 생각이 들었다. 민지를 만났으면, 아무것도 모른 채 나를 반기는 그녀의 모습에 내 슬픈 상처를 감추었을 것이다. 아니, 어쩌면 내 슬픔을 말했을지도 모른다. 그랬더라면 나는 집으로 돌아가서 침대 속에 파묻혀 후회했을 것이다. 그가 내게 남긴 슬픔을 타인과 나눠 가진 것을 질투하면서.

"별 일 아니니까."

너에게는.

[이게 어떻게 별 일이 아니야! 너 지금 어디야?]

나는 어디에 있는가? 나는 폭우 속에 있다. 깊은 폭우. 그가 남긴 굵은 빗줄기. 어디로 가야 햇살이 나올지 알 수 없는 닫힌 시계(視界) 안에.

"밖이야."

[내가 지금 갈게. 너 어디에 있는데?]

나는 대답하지 않았다. 전화 너머로 민지의 답답한 숨소리와 대답을 재촉하는 소리가 들렸다. 민지를 만나야 할까? 아니다. 나는 누구도 만나고 싶지 않다. 어차피 비는 오롯이 내가 받아내야 한다. 옆에서 누군가와 나누어 맞고 싶지 않았다. 나는 그렇게 결의했다.

"민지야. 나 진짜 괜찮아. 힘들면 연락할게."

그제야 민지의 목소리가 잦아들었다. 민지는 꼭 연락하라며 당부를 하곤 전화를 끊었다.

슬픔에 대해 생각해 보았다. 물건을 잃어버리는 슬픔 말고. 원하던 일을 이루지 못한 슬픔 말고. 나를 찢어내는 깊은 슬픔에 대해서. 나는 그를 내 몸처럼 아꼈다. 그를 잃어버린 것은 내 몸을 잃어버린 것과 같다. 내 몸의 절반이 나머지 절반에게서 떠나갔다. 내가 사라지는 슬픔은 누군가와 나눌 수 없는 것이다. 떠나간 슬픔을 오롯이 받아들여야 하나가 될 수 있기 때문이다. 나의 비어 버린 반쪽은 떠나간 나에 대해서 생각할수록 차오를 것이다. 그러니 나는 그를 더욱 깊게, 더 많이, 열렬하게 떠올려야 한다.

○

조별 과제를 위해 우리는 자주 만났다. 나는 두번째 만남부터 그가 나를 마음에 두고 있음을 눈치챘다. 내가 고개를 들 때마다 그와 눈이 마주쳤기 때문이다. 그는 다른 곳을 보고 있다가도 내가 고개를 들면 나에게 눈길을 주었다. 그리고 연하게 웃었다. 다른 조원들은 그것을 눈치채지 못했을 것이다. 그는 은밀하고 비밀스럽게 마음을 흘렸다. 그 모습을 귀엽다고 생각했다. 조급하게 사랑을 시작하는 어설픔이 그에게서 느껴졌기 때문이다. 감정을 주체하지 못하고 자꾸만 눈을 마주치는 그는 어린아이 같았다.

나도 분명 그에게 호기심을 느꼈다. 하지만 그처럼 빠르게 사랑을 느끼지는 않았다. 어렴풋이 언젠가 그와 사귈 것 같다고 생각은 했었다. 그에 대한 호기심은 강렬했고, 호감은 빠르게 늘었으니까.

마침내 조별과제가 마무리된 날에 그가 말했다.

"과제도 끝났는데 우리 같이 저녁이나 먹죠?"

다른 조원 둘이 그러겠다고 대답했고, 그가 나를 보았다. 눈을 마주치고 그가 씩 웃기에 나도 그러겠다고 말했다. 넷이 무엇을 먹을까 한참을 고민하다 삼겹살 집에 가기로 했다. 다른 남자 조원이 맛집이라며 강력하게 추천한 곳이었다.

가게는 시끄러웠다. 대학 주변의 음식점은 매번 이런 식이다. 젊은 사람들이 몰리고, 어린 마음들이 몰린다. 시끄러운 소음 속에서 청년들은 각각의 세계로 빠져들어 저마다의 언어로 이야기한다.

나를 제외한 셋은 신이 난 듯 이런저런 이야기를 떠들었다. 주요 화제는 학교 이야기였다. 어떤 수업이 재미있다더라. 어떤 선배가 착하다고 하더라. 어떤 교수님이 뭘 했다더라.

이야기가 늘어가다 누군가 용기를 내어 술을 주문했다. 갓 스물이 된 우리에게 술을 주문하는 일은 아직도 어색한 일이었다. 술이 들어가자 우리는 옛날 이야기들을 꺼냈다.

옛날 이야기는 대개 고등학교 시절 있었던 일들이었다. 우리 동네에서는… 우리 학교에서는… 우리 집에서는…. 각자의 어린 시절 이야기를 듣는 것은 지루하지 않았다. 세상에는 이토록 다채로운 삶을 사는 사람들이 있구나 싶었다.

산은 어린 시절에 시골에 살았다고 했다. 산에서 벌레를 잡고, 계곡에서 뛰어 놀고, 추수가 끝난 논밭에서 공을 차는 일들은 내게 낯선 일이었다. 그는 이름처럼 정말 산에서 뛰어 놀았던 것이다.

나는 도시에서 태어나 도시에서 자랐다. 내 이름과 같은 바다는 커녕 계곡과도 연이 많지 않았다. 그가 내게 물었다.

"바다씨는 어느 지역에 살아요?"

"저는 원래 서울에서 나고 자랐어요."

"그럼 부모님과 같이 살겠네요. 월세도 아끼고 좋겠다."

나는 대학 입학과 동시에 원룸을 하나 얻었지만, 굳이 말하지 않고 작게 웃었다. 이것저것 떠들기에는 아직 내 마음이 그리 편하지 않았다. 나는 사람과 친해지려면 시간이 많이 필요했다. 더디고 더딘 인간관계. 그것이 내가 가진 성향이었다.

산은 나와 반대였다. 그는 사람과 금방 친해졌다. 당장 이 조원들도 나보다 산을 더 친밀하게 느꼈다. 산을 보고 있으면 사람과 친해지는 것이 굉장히 쉬워 보였다.

식사가 끝나고 집에 가는 길에 산이 나를 집까지 데려다주겠다고 말했다. 나머지 두 조원은 기숙사에 산다며 손을 흔들며 사라졌다. 산이 내게 물었다.

"어디 살아요?"
"안 데려다줘도 괜찮아요."

그가 능글맞게 웃었다.

"그냥 데려다주면 안돼요?"

낯 부끄러운 말을 참 쉽게도 했다. 하지만 싫지 않았다. 나도 그에게 호기심을 가지고 있었으니까.

"그럼 데려다줘요."

함께 걷는 길 옆으로 이제 막 벚꽃이 피어나려 하고 있었다. 더러는 피어난 것도 있었지만 대부분은 아직 꽃망울이었다. 산이 말했다.

"봄이네요."

나는 대답하지 않고 고개를 끄덕였다. 그는 아까 신나게 떠든 것이 거짓인 것처럼 조용히 걸었다. 종종 말을 걸기는 했지만 차분하고 조용했다. 그런 그가 낯설어 쳐다보면 그는 싱긋 웃어 보였다. 집에 거의 도착했을 때 내가 물었다.

"왜 이렇게 말이 없어요?"
"내가 말하길 바랐으면 해서요."

내가 인상을 찌푸리자 그가 급하게 말을 덧붙였다.

"계속 말하면 나와의 대화가 재밌는지 모르잖아요. 가끔은 곁에 없어야 필요하다고 생각하는 경우도 있으니까요."

나는 나도 모르게 웃음을 터뜨렸다. 내가 소리 내어 웃자 그가 당황한 듯 물었다.

"뭐야. 왜 웃어요? 갑자기?"

고작 바래다주는 길에서 하는 대화에 이토록 큰 의미를 부여하고 있었다니. 식사 자리에서 가벼운 농담들을 수도 없이 쏟아냈으면서 지금은 무거운 침묵을 들고 다녔다는 것이 재밌었다.

"어색해서 죽는 줄 알았잖아요."

내 농담에 그는 활짝 웃더니 곧 어쩔 줄 몰라 하며 말했다.

"미안해요. 근데 효과가 있었던 것 같죠?"
"글쎄요. 좋은 효과는 아니었던 것 같은데."

어느새 도착한 집 앞에서 1층 현관 비밀번호를 누르자 그가 건물을 올려다보더니 물었다.

"부모님하고 같이 사는 것 아니었어요?"
"혼자 살아요. 혼자가 편해서."

문이 열리자 그가 다급하게 말했다.

"연락할게요."

그는 마음을 숨기는 법을 모르는 것 같았다. 이러면 그의 마음을 눈치채고 싶지 않아도 너무 빤히 알게 되지 않는가?

“그러세요.”

내 무뚝뚝한 대답에 그는 또 활짝 웃었다.

생각해보면 연애기간 내내 그는 잘 웃었다. 내가 실수를 해도 웃고, 내가 잘해내도 웃었다. 내가 울어도 웃고, 내가 웃어도 웃었다. 그가 우는 모습은 한 번도 본 적이 없었다. 그래서 그가 웃지 않기 시작했을 때 나는 헤어짐을 예감했던 것이다.

●

회사에 나가자 몇몇 동료들이 다가와서 물었다.

"바다씨. 왜 회사 안 나왔어?"

이 여자는 무언가를 알고 묻는 것일까? 정말 몰라서 묻는 것일까? 나는 담담하게 말했다.

"몸이 안 좋았어. 비를 맞았거든."

그녀는 나를 걱정하는 것처럼 어떡하냐느니 지금은 괜찮냐느니 묻다가 금세 자리로 돌아갔다. 산과 대학 동기였던 남직원 하나는 내게 직설적으로 묻기도 했다.

"헤어졌다면서?"

이 남자의 이름은 뭐였더라? 잘 기억이 나지 않았다. 아마 남의 상처에 손가락을 넣어보고 싶어하는 남자의 이름은 잊은 것이겠지. 그가 질문을 하자마자 옆에 있던 친구가 그를 팔꿈치로 툭 치며 눈치를 주었다.

"응. 헤어졌어."
"괜찮아?"

괜찮아도, 괜찮지 않아도 대답은 같다.

"괜찮아."

그가 감탄하며 말했다.

"와. 아무렇지도 않은가 보네. 다행이다."
"그럼 내가 뭐 울기라도 할 줄 알았어?"

내 공격적인 말투에 그의 표정이 굳었다. 세상에는 남의 상처를 구경하고 싶은 사람들이 많다. 내가 구경을 하게 둘 것 같은가? 이 상처는 나의 것이다. 내가 천천히 녹여서 내 것으로 만들어야 하는 아픔이다. 누구도 이것을 내게서 빼앗아 가지 못할 것이다. 그는 내 대답을 듣고는 자리로 돌아갔다.
퇴근길에 민지가 나를 찾아왔다. 나를 만나려고 내가 다니는 회사 근처에서 기다린 것 같았다. 민지는 나를 보자마자 대번 내 손을 붙잡았다.

"너 괜찮아?"

이제는 괜찮냐는 질문도 조금 지쳤다.

"괜찮아."

민지는 별 말 하지 않고 내 안색을 살폈다. 나는 태연하게 보이려 표정이나 말투를 신경썼다. 그러나 내노력이 무색하게 민지가 걱정스런 표정으로 말했다.

"안 괜찮으면서."

티가 났나 싶었다. 하긴, 벅찬 감정을 완벽하게 숨기는 일은 어려운 일이다.

"괜찮다니까."

그녀는 내 손을 꼭 붙잡고 말했다.

"우리 밥 먹으러 가자. 그리고 술도 먹자. 그 놈 욕도 하고 그러자. 응?"

나는 픽 웃음이 나왔다. 무언가를 먹고 나쁜 것을 뱉는다고 내가 나아지진 않을 것이다. 그리고 그의 욕을 하고 싶지도 않았다. 그런다고 무엇이 바뀌겠는가? 내가 그의 욕을 하는 일은 내 얼굴에 침을 뱉는 일이다. 한동안 그는 나였으니까.

"난 괜찮으니까 그냥 밥만 먹자."

우리는 삼겹살 집으로 갔다. 하필이면 그가 떠오르는 그 삼겹살 집이었다. 나를 처음으로 집에 데려다 주었던 날 갔던 그 가게. 민지는 아마 그 사실을 모른 채 여기로 데려왔을 것이다. 이 주변에서 유명한 가게였으니까. 하긴,이 주변에 있는 가게들 중 그와 같이 가지 않은 가게가 몇이나 있을까? 아마 대부분 함께 갔을 것이다. 그와 함께한 6년의 시간은 길었고, 그 시간에 비해 이 도시는 좁았다. 그녀는 자리에 앉으며 곧장 술을 시켰다. 술병을 비틀어 열고, 술잔에 술을 따르고, 내 앞에 술 한 잔을 내려 놓았다.

"나는 안 마실래."
"누가 너더러 마시래? 내가 마실 때 짠이나 같이 해."

제멋대로인 친구라고 생각했다. 내가 원할 때는 옆에 없었으면서, 내가 원치 않을 때는 옆자리를 파고 들어온다. 이렇게 불쑥불쑥 들어오는 사람들이 종종 있다. 민지가 그랬고, 산이 그랬다.

"그래서 왜 헤어진 건데?"

민지가 술을 두 잔쯤 마셨을 때 물었다.

"그냥…"

헤어진 이유. 사랑이 소멸하는 데에 이유가 어디 하나뿐이겠는가? 성격이 맞지 않는다고 말해도 그 사건은 여럿이며, 서로에게 실망했다 말해도 그 계기 또한 여럿이다. 내가 말을 하지 않자 민지가 말했다.

"너는 꼭 네 이야기를 잘 안 하더라."

산에게서도 들었던 말이었다. '너는 네 이야기를 안 해.' 어쩌면 이것이 헤어진 이유일까? 6년이 넘게 내가 불투명한 사람으로 지내서? 그래서 그는 다른 투명한 사람을 찾은 것일까? 마치 투명한 계곡 같은 여자를. 바다는 깊은 속을 보여주지 않는다. 그 속은 너무 깊고 어두워서 차갑고 두렵다. 다른 사람을 함부로 초대할 수 있는 곳이 아니다. 그것이 푸르른 하늘에 머리를 누이는 산이라면 더더욱.

"나 어제 산이 봤다."

나도 모르게 고개를 퍼뜩 쳐들었다. 민지가 피식 웃었다.

"야. 너 괜찮다더니 산이 얘기에 눈빛이 바뀌네."

하긴. 이제 무슨 소용인가? 그의 얘기를 듣고 싶다는 마음이 들어서, 더욱 듣고 싶지 않았다. 내 의지에 반해 욕심이 날까 봐.

"아니야. 굳이 듣고 싶지 않아."

민지는 나를 안쓰럽게 쳐다봤다.

"너 자꾸 괜찮다고 하는데, 견딜 수 있다는 게 괜찮다는 뜻이 아닌 것은 알지?"

견딜 수 있으면 괜찮은 것 아니던가? 둘의 차이가 무엇이란 말인가?

"같은 말 아니야?"

민지가 한숨을 내쉬었다.

"견디고 있는 사람은 언젠가 지쳐. 괜찮은 사람은 견디지 않아도 되는 사람이야."

'괜찮다'의 기준이 이렇게 다르다는 것에 놀랐다. 민지의 말도 일리는 있었다. 어쩌면 '괜찮다'는 것은 다른 말로 행복하다는 뜻일지도 모른다. 나에게 있어 '괜찮다'의 기준은 아직 꺾이지 않은 것이다.

"나에게는 얘기해도 돼."

나는 고개를 저었다.

"아니야. 말하고 싶지 않아."

민지는 말없이 술을 한 잔 더 들이켰다.

"미안해. 네가 만나자고 했을 때 바로 만나야 했는데."
"아니야. 나는 오히려 혼자 있을 수 있어서 다행이라고 생각했어."

민지가 나를 빤히 쳐다봤다. 그녀의 얼굴엔 표정이 없었다. 나도 민지를 마주 보았다. 그녀는 한참이나 나를 보다가 말했다.

"산이는 그리 특별하지 않았어. 너도 그리 특별한 사람은 아니지. 나 또한 마찬가지야. 세상 모두가 특별하다고 말하는데, 그렇다면 모두가 특별하지 않은 것과 같잖아. 산이는 그냥 너와 정반대의 사람이라서 사랑하기 쉬웠던 것뿐이지 남들이 가지지 못한 것을 가져서 네가 사랑한 것은 아니야. 산이를 흉보려는 것은 아니야. 단지 너희가 헤어진 것은 그냥 일어난 일일 뿐, 네가 못났기 때문이 아니라는 뜻이야."

동의하기 힘든 말이었다. 헤어지는 것에 이유가 없다는 뜻과 마찬가지가 아닌가? 너무 많은 이유들이 있었다. 내가 못나서 생겨난 이유들이.

"내가 못나서 헤어진 거야."
"아니야."
"산이는 사랑받을 만한 사람이었어."
"너도 마찬가지야."
"그런데 산이는 나를 떠났어."
"너도 그럴 수 있었어. 너는 떠나지 않았을 뿐이야."

산은 유일무이했다. 나는 그 외에 다른 남자를 산 이상으로 생각한 적이 없었다. 나는 그를 떠나는 일이 불가능했다. 내가 또 입을 꾹 다물자 민지가 말했다.

"말하고 싶으면 연락해. 그 때는 바람 맞히지 않을게."

나는 자조하며 생각했다. 내 슬픔을 네가 이해할 수 있을까? 바다 깊은 곳으로 꺼져버리고 싶은 내 마음을. 땅 저 밑으로 추락하고 싶은 내 마음을. 생각해보면 난 지금까지 슬픔이란 것을 몰랐다. 타인의 이야기를 들으며 슬퍼하고 공감했지만 사실 나는 절대로 타인의 마음을 깊이 알 수 없었던 것이다. 그 때 느낀 슬픔은 금방 휘발되었지만 지금 내가 가진 슬픔은 참 더디어서 사라지지 않았다. 이런 감정을 느껴본 것은 비단 나 혼자만은 아닐 것이다. 하지만 나의 슬픔은 절대 남의 슬픔이 될 수 없다. 내 슬픔은 오롯이 나만의 것이다.

○

산을 처음 만났던 해의 여름에도 나는 감기를 앓았었다. 추측하기로는 냉방병인 것 같았다. 여름 강의실은 냉방이 강했다. 겉옷을 챙기는 것을 깜빡한 내 몸은 강의실에서 에어컨 바람에 2시간을 떨었다. 아마 그때 떨었던 어깨가 내게 감기를 들였을 것이다. 내 몸에 있는 피가 전부 관자놀이로 몰리기라도 한 것처럼 머리가 아팠고, 척추뼈에는 오한이 들어 등과 목이 시렸다. 몸에는 힘이 없고, 손목까지도 시큰거렸다. 내 몸이 이렇게 약했던가? 나는 굉장히 나약하구나 생각했다.

그리고 그 날 오후 화장을 지우지도 않고 침대에 누워 이불을 끌어안고 추위에 떨고 있을 때 산이 내 집을 찾아왔다. 아직 연인도 아닌 사람을 여자 혼자 사는 집에 들인다는 것이 어색하기도 하고, 두렵기도 했지만 나는 산을 안으로 들였다. 그라면 괜찮을 것 같다는 생각 때문이었다.

산은 들어오자마자 내게 자리에 누워서 쉬라고 말했다. 나는 고분고분 누워서 산이 하는 행동을 지켜봤다. 산은 큼직한 봉투를 들고 있었는데 안에는 부드러운 식빵과, 우유, 포장용기에 담긴 죽과 감기약 등등이 들어 있었다. 산은 냉장고를 우유와 죽, 그리고 몇몇 과일들로 채웠다. 그리고 작은 테이블에 죽을 담은 그릇을 놓았다.

"내가 죽 사왔으니까 이거 먹고 약 먹자."

그는 내 침대 위에 테이블을 올려주었다. 다행스럽게도 직접 죽을 떠서 먹여주는 일은 하지 않았다. 만일 그런 짓을 했다면 나는 부끄러워서 자리를 박차고 일어났을지도 모른다. 온종일 굶은 뒤에 먹는 죽은 맛있었다. 감기에 걸리면 입맛이 없다고 하던데, 나는 어디서 식욕이 생긴 것인지 모르겠다. 허기 때문일까? 죽을 다 먹어갈 때쯤 그가 내게 물잔과 약을 내밀었다. 나는 그것을 고분고분 받아먹었다. 그가 상을 치우기에 내가 말했다.

"그릇은 그냥 둬. 내가 씻을 테니까."

그는 대답하지 않고 곧장 설거지를 시작했다. 고작 그릇 하나, 숟가락 하나여서 설거지는 금방 끝났다. 설거지를 끝낸 그가 나를 향해 걸어오더니 침대 옆에 섰다. 그는 나를 보며 히죽 웃었다.

"야. 넌 아파서 누워 있어도 예쁘네."

화장을 지우지 않아서 다행이라고 생각했다.

"부끄러우니까 그만해."

그는 내 침대 옆에 무릎을 꿇고 앉았다. 그가 빤히 쳐다보자 현기증이 심해지는 것 같았다. 머리에 피가 몰리는 것이 느껴졌다. 그의 얼굴이 가까웠다. 턱이 날렵했고, 코가 오뚝하니 높았다. 이마는 반듯했고, 쌍

꺼풀이 없는 눈은 안경이 잘 어울렸다. 그가 작은 목소리로 말했다.

"혹시나 목이 아플까 싶어서 부드러운 음식만 사다 놨어. 먹기 싫어도 잘 챙겨 먹어. 그리고 집에서 쓰는 휴지는 많이 쓰면 콧망울이 아프잖아. 부드러운 티슈도 사왔으니까 코 풀거면 이걸로 풀어."

나는 작게 웃었다.

"이런 분위기에서 코 푸는 이야기를 해야 돼?"
"지금 어떤 분위기였는데?"
"널 감상하는 분위기."

그가 능글맞게 씩 웃었다. 우리는 아무 말없이 서로를 바라보았다. 부끄러운 기분이 들었으나 곧 사라졌다. 그리고 그에게 키스하고 싶다는 생각이 들었다. 이후에는 아직 사귀지도 않는데 이런 생각을 하는 내 자신이 이상하다 생각되었고, 사귀었다 하더라도 어차피 감기에 걸렸으니 그와 키스는 하지 못했을 것이라 생각했다. 그리고 그의 얼굴이 내게 가까이 다가왔다. 내가 놀라서 눈을 크게 뜨자 그가 말했다.

"지금 응큼한 상상했지."

나는 놀림을 받았다는 생각에 되갚아주려고 일부러 아무렇지 않은 척 대답했다.

"응."

그러자 그의 입술이 예고도 없이 내 입술을 덥석 덮었다. 눈을 감고 있는 그의 얼굴이 내 코 바로 앞에 있었다. 그는 커다란 오른손으로 내 턱과 볼과 귀를 한 번에 감쌌다. 나 또한 눈을 감고 그의 키스를 받아들였다. 짧은 키스가 끝나고 그가 물었다.

"우리 이제 사귀는 거야?"

사귀지도 않는데 키스를 하는 용기는 어디서 났을까? 나는 키스에 대해 생각하다가 그를 밀어내며 말했다.

"나 감기 걸렸는데…"

그는 또 웃었고, 우리는 그 날부터 연인이 되었다. 그리고 다음 날 그에게서는 '나도 감기 걸린 것 같아.'라는 문자를 받았다.

그와 사귀기 시작한 날은 기억나지만, 언제 어떻게 사랑에 빠지게 되었는지는 잘 기억이 나질 않는다. 첫눈에 반하는 그런 일은 아니었던 것 같다. 처음 키스를 했던 날에도 그에 대한 사랑이 이렇게 크지는 않았으니까. 그 때는 '이것이 사랑이 맞나?'라는 고민을 더 많이 했었다.

굳이 그를 사랑했던 이유를 지금 생각해보자면 그는 적당히 잘 생겼고, 적당히 똑똑했으며, 적당히 다정했다. 적당히 눈치가 빠르고, 적당히 말을 잘했으며, 적당히 농담을 할 줄 알았다. 적당히 말했고, 적당히 웃었으며, 적당히 내게 집착했다. 적당히 어른스러웠고, 적당히 심통을 부렸으며, 적당히 나를 아프게 했다. 그는 모든 것이 적당했다. 한 분야가 특출하게 잘난 것은 아니지만, 모든 것이 적당하다는 것은 달리 말하면 흠이 하나도 없다는 뜻이었다. 그는 내게 적당히 완벽한 인간이었던 것이다.

●

그와 연인이 되었던 날을 떠올리니 우스운 기분이 들었다. 감기와 함께 시작한 사랑은 감기와 함께 끝을 맺었다. 끝날 때는 나만이 감기를 앓았다는 것이 달랐다. 아니다. 냉장고에 먹을 것이 채워져 있지 않았던 것도 달랐다. 내가 혼자라는 점도 달랐고, 핸드폰이 조용하다는 점도 달랐다.

나는 이 방에 그 때와 같은 점이 하나도 없다는 것을 눈치챘다. 나 또한 반만 남아 있었다. 그 사실이 갑작스레 슬퍼졌다. 대부분의 커다란 감정은 예고 없이 찾아온다. 사랑이 그러했고, 슬픔이 그러했다. 나는 방을 나가 어디론가 가고 싶어졌기에 자리에서 일어났다.

밤의 도시는 낮과는 다른 느낌이다. 마치 인간처럼 낮보다 조금 더 은밀하고 내밀한 세계를 보여준다. 어두워진 건물들은 고요에 잠기고, 불 켜진 건물들은 땅 위에 별을 만든다. 으슥한 골목에서 눈치를 살피며 걸어 나오는 남녀 한 쌍. 담배꽁초가 늘어난 길거리와 쓰레기가 뒹구는 가로수. 누군가 떨어뜨린 머리끈. 제멋대로 나뒹구는 광고지. 이런 것들은 낮의 도시에서는 보기 힘든 모습이다. 낮의 도시는 너무 밝은 것들로 가득 차 있기 때문이다.

나 또한 거리의 내밀한 부분이 되어 거리를 걸었다. 산과 함께 걸었던 길들이 익숙했다. 한참을 걷던 나는 4차선 도로 앞에서 멈췄다. 도로 건너편은 젊은이들로 가득했다. 도로 저 쪽에는 술집과 식당이 즐비하다. 이쪽 편에는 회사들이 잔뜩이다. 많은 젊은이들이 저 곳에서 술을 마시고, 가벼운 사랑에 빠지고, 눈에 빤히 보이는 수작을 주고받는다. 나 또한 산과 함께 저 곳에서 밥을 먹고, 술을 마셨었다. 이제는 혼자지만.

"안 건너요?"

누군가 말을 걸기에 고개를 돌리니, 검은 반팔에 검은색 츄리닝 바지를 입고 슬리퍼를 신은 남자가 나를 보고 있었다. 내가 그를 보자 그가 무심하게 말을 더했다.

"지금 초록불인데."

내가 서 있던 곳은 횡단보도 앞이었고, 초록불이 되었음에도 가만히 서 있자 그가 말을 건 것 같았다.

"네."

짧게 대답하자 그가 관심 없다는 듯 고개를 돌렸다. 그렇게 말한 그도 횡단보도를 건너지 않았다. 그는 나에게서 조금 멀찍이 떨어진 곳에 서서 건너편을 쳐다보고 있었다. 신호가 다시 빨간불로 바뀌고 파란불로 바뀌는 것을 반복했다. 나는 그동안 그것을 전부 지켜보았다. 그것이 세 번쯤 반복되었을 때 건너편에서 민지가 나타났다. 민지는 다른 어여

쁜 여자와 함께 서 있었는데 둘은 꽤 친해보였다. 민지가 내 옆에 있는 남자에게 손을 흔들었다. 그 남자는 손을 대충 휘적여주었다. 그리고 민지는 나를 발견했다.

길을 건너온 민지는 내게 어디에 가느냐고 물었다. 나는 그냥 산책을 나왔다고 답했다. 민지와 함께 있던 여자가 민지에게 '선배님'이라고 부르는 것을 보니 직장 후배인 것 같았다.

민지는 묻지도 않았는데 이제 막 밥을 먹으러 갈 참이었다며 내게 함께 가겠냐고 권했다. 나는 피곤하다는 핑계로 완곡하게 거절을 했다. 아마 민지도 형식 상 물었던 것이리라. 후배인 것 같은 그녀는 옆에 있던 남자의 얼굴을 많이도 흘끗댔다. 아마 둘을 친하게 만들어주려고 민지가 만든 자리일 것이다. 민지는 이런 일을 잘했다.

○

늦봄의 어느 날, 민지가 내게 함께 식사를 하자고 말했다. 둘이 먹는 줄로만 알고 편한 옷을 입고 나간 자리에는 산이 서 있었다. 나는 편한 옷을 입고 나왔는데 산은 누가 봐도 신경 쓴 것처럼 멋을 부리고 나왔다. 슬슬 날씨가 더워지고 있는데 저런 두툼한 가디건을 입고 나오다니. 그를 위해 실외에 오래 있는 일은 피해야겠다는 생각이 들었다. 산은 나를 보며 활짝 웃었다.

"오랜만이네요!"

함께 식사를 하는 것은 지난 번 과제가 끝나고 함께 회식했던 것 이후로 처음이었다. 종종 학교에서 마주치면 그가 과하게 친한 척을 하긴 했지만 나는 어색하고 부끄러운 마음에 빨리 자리를 피하곤 했다. 그가 내게 친밀하게 대해주는 것이 싫은 것은 아니었다. 그저 부끄러웠다. 그래서 가끔 그가 왜 자신을 피하냐며 문자로 나를 추궁할 때면 나는 부끄럽다고 답장을 했다. 그런데 이렇게 덜컥 준비되지 않은 식사 자리를 가지게 될 줄은 몰랐다. 나는 눈을 가늘게 뜨고 민지를 보며 말했다.

"왜 말 안 했어."

민지는 의미심장하게 웃으며 말했다.

"말하면 네가 잘도 나왔겠다."

민지 말이 맞았다. 산이 둘이서 식사를 하자고 말한 적은 많았다. 그런데 차마 그러자고 할 수가 없었다. 부끄럽기 때문만은 아니다. 단둘이 만난다고 생각하니, 내 실수나 좋지 못한 모습을 많이 들킬 것처럼 여겨졌다. 그러니 산과의 만남을 생각하면 불편하고 부담스러운 마음이 들었고, 빈번히 뻔한 핑계를 대며 에둘러 거절했다. 그러면서도 혹시 나에 대한 호감이 사라지지는 않을까 걱정하는 모순적인 감정을 가지기도 했다. 그런데 이렇게 만나게 될 줄은 몰랐다.

"그런데 둘이 어떻게 알아?"
"교양 수업은 너만 듣는 줄 아니?"

아마 나처럼 다른 교양 수업에서 친해진 것 같았다. 산과 눈이 마주쳤다. 만나는 것을 피했는데 막상 이렇게 보니 반갑다는 생각이 들었다. 산이 히죽 웃더니 말했다.

"뭐 먹고 싶은 거 있어요?"

입을 크게 벌려야 하거나 땀이 많이 나는 음식은 피하고 싶었다. 그런 음식은 왠지 추해 보일 것 같았기 때문이다. 나는 곰곰이 생각하다 피자라고 답했다.

나는 피자를 두 조각만 먹었다. 산이 나를 너무 자주, 그리고 빤히 쳐다봐서 체할 것 같았기 때문이다. 산은 사람을 참 다양한 방법으로 부담스럽게 만든다고 생각했다. 이러니 호감이 있음에도 만나기로 결심하는 것이 쉽지 않은 것이다. 눈치 없는 산은 내게 이렇게 말했다.

“두 조각으로 배가 불러요? 양이 적은가 보다.”

나는 굳이 설명하고 싶지 않아서 어색하게 웃으며 고개를 끄덕였다. 그것을 어떻게 받아들인 것인지 민지는 나를 보며 씩 웃었다. 자꾸만 오해가 쌓이는 것 같았다.

식사가 끝나고 산이 카페에 가자고 말했다. 그러자 민지가 친근하게 대답했다.

“그래. 네가 사는 거지?”
“그래. 내가 살게.”

둘은 편하게 말을 놓고 있었다. 그 모습을 지켜보고 있으니 둘의 시선이 동시에 내게 꽂혔다. 민지가 물었다.

“너도 갈 거지?”

나는 중간고사를 대비한 공부가 얼마나 남았는지를 가늠하며 갈등했다. 생각보다 할 일이 많았다.

"우리 같이 가요."

산의 차분한 목소리가 내 고민을 날려 보냈다. 차분하고 낮게 말하는 그 목소리는 꽤 매력적이었다. 나는 홀린 것처럼 고개를 끄덕였다. 그리고 카페로 향하던 중 민지가 말했다.

"야. 나 일이 생겨서 가봐야겠다."

누가 봐도 그냥 빠져 주는 모양새였다. 산도 조금 당황한 것 같았다. 민지는 장난기 가득한 표정으로 웃더니 '둘이서 재밌게 놀아'라고 말하고는 말릴 새도 없이 사라져버렸다. 산이 나를 보며 말했다.

"음… 강아지 좋아해요? 애견 카페 갈래요?"

나는 웃음을 터뜨렸다.

"왜요? 그냥 카페는 내가 안 간다고 할 것 같아요?"

그의 눈동자가 이리저리 흔들렸다.

"아니요. 그냥 강아지 좋아하시나 해서…"

당황한 모습이 귀여웠다. 나보다 머리 하나는 더 큰 남자를 귀여워할 수 있다는 것이 신기했다. 그리고 한 가지 의문이 생겼다.

"그런데 왜 존댓말해요? 민지와는 반말을 하던데."

그 말을 듣자 그가 기쁘다는 듯 웃었다.

"혹시 질투해요?"

질투일까? 나는 아직도 내 감정을 잘 모르겠다. 감정이란 참 다채로운데 표현하는 단어는 너무 적다는 생각이 들었다. 이것은 질투지만 질투와는 조금 달랐다. 이것은 조급함이었다. 다른 사람들은 산과 쉽게 친해지는데 나는 호감을 가지고 있음에도 느린 것 같다는 조급함. 이런 것도 질투라고 부르는 것일까?

"그럴지도요."

내 대답을 들은 산이 갑자기 한 세 발짝을 와다닥 뛰어가더니 다시 후다닥 뛰어서 돌아오며 말했다.

"다시 말해줘요!"

이렇게 신난 모습을 보니 당황스러웠다.

"싫어요."

산이 흥분을 주체하지 못하는 표정으로 나를 빤히 쳐다봤다. 웃음기가 잔뜩 걸린 입꼬리가 제멋대로 씰룩대었다. 나도 그를 따라 웃었다. 우리의 시선이 한참이나 얽혔다. 산의 입꼬리에서 웃음이 서서히 사라졌다. 그의 입꼬리는 긴장한 듯 움찔대며 경직되었고, 눈은 진지하게 변해서 한 번도 깜빡이지 않았다. 입술을 살짝 깨물더니 침을 꿀꺽 삼킨 산이 낮게 내 이름을 불렀다.

"바다야."

그 한마디를 들은 내 심장이 가슴에 갇힌 새처럼 갈비뼈를 두드렸다.

●

아마 이 남자도 그 때의 나와 산처럼 저 후배와 둘이 친밀한 관계를 쌓게 될 것이다. 그리고 운이 좋지 않다면 둘 중 한 사람은 나처럼 아픈 시간을 보내게 되겠지. 횡단보도가 다시 초록불이 되길 기다리며 우리는 또 나란히 서 있었다. 나를 제외한 셋은 참 재밌게도 떠들어 대었다. 그러다 문득 그 남자와 눈이 마주쳤다. 그는 무심하게 나를 보고 있었다. 나도 그 눈빛을 피하지 않았다. 그가 민지를 향해 고개를 돌리며 말했다.

"민지야. 저 분 무슨 일 있는 것 같던데."

민지에게 한 말이었지만 내게도 충분히 들렸다. 민지는 조금 당혹스러운 표정으로 나와 그를 번갈아 보았다.

"지연씨랑 둘이 식사할 테니까 편하게 가봐도 돼."

조금 차가워 보이는 그 말에 나는 서둘러 말했다.

"저는 괜찮아요. 그냥 세 분이 식사하세요."

그는 나를 날카로운 눈으로 쳐다봤다.

"신호가 몇 번이나 바뀌는 동안 차도를 빤히 보고 계시니… 조금 우려가 되네요."

그가 걱정하는 것이 무엇인지 단박에 알 수 있었다. 자살 같은 것은 생각해본 적도 없지만 그렇게 보일 수도 있겠다는 생각이 들었다. 그런데 민지는 그 말에 충격이라도 받은 것 같았다. 그녀는 내게 다가와 손을 붙잡고 눈썹을 일그러뜨리며 너 괜찮냐는 둥 호들갑을 떨더니 허둥지둥 그에게 양해를 구했다. 그는 괜찮으니 친구를 잘 챙겨주라고 말했다. 그 때 신호가 초록불로 변했다. 그는 신호와 나를 번갈아 보면서 무언가를 망설이다가 길을 건넜다.

"민지야. 나 자살 생각 같은 것 안 했어. 나 정말 괜찮아."
"바다야. 가끔은 자기 마음을 자기가 더 모를 때도 있는 거야. 너 안 괜찮아 보여."

나는 그저 혼자 슬퍼하고 싶을 뿐이었는데 다른 사람의 모임을 방해한 꼴이 되어 버렸다. 그 남자에게 문득 짜증이 일었다. 왜 멋대로 참견이란 말인가? 나는 괜찮다고 말하는데 왜 그들은 나를 내버려두지 않는가? 이 슬픔은 나의 것인데 왜 자꾸 내게서 슬픔을 빼앗으려고 하는가?

혼자서 슬퍼하지도 못하는 내 모습이 안타까워서 분한 마음이 들었다. 화가 났다. 나는 그저 거리 곳곳을 돌며 그를 떠올리는 일을 방해하지 않기를 바랐다. 그것이 그리도 어려운가? 나는 거칠어진 숨을 내쉬며 말했다.

"민지야. 나 괜찮아."
"바다야…"
"나 괜찮다고!"

참을 수 없이 화가 나서 버럭 소리를 질렀다. 민지의 표정이 단번에 굳었다. 눈물이 나올 것 같아서 이를 꽉 깨물고 눈을 감았다.

"민지야. 날 그냥 내버려둬. 얼른 저 사람들 따라가서 같이 밥이나 먹고, 연애나 도와줘."
"바다야. 난 그저 너를 돕고 싶을 뿐이야."
"민지야. 넌 나를 도울 수도 없고, 난 도움을 바라지도 않아. 그리고 넌 나를 돕고 싶지도 않잖아.
"그게 무슨 소리야?"

내 마음에 점점 날카로운 날붙이가 생겨났다. 이 상황을 빨리 벗어나고 싶어서 민지에게 상처를 주려는 날붙이가.

"내 이야기에 관심도 없잖아. 눈 앞에 있을 때만 걱정할 뿐이지. 네가 원하는 것은 나아진 내 모습이 아니야. 나를 신경 쓰는 네 모습이지. 그러니까 괜찮다고 말하는 나를 그냥 내버려 두라고."

그렇게 말하면서도 나는 내 말이 심하다는 것을 알았다. 그러나 오히려 관계를 망쳐버리겠다는 이 마음이 편안하고 반가웠다. 민지는 상처받은 얼굴로 나를 보고 있었다. 그 얼굴을 보니 내 자신이 한심하게 느껴졌다. 내가 무슨 자격이 있다고 친구에게 상처를 주나? 사과를 할까 했지만 입이 떨어지지 않았다. 내게 사과할 자격은 있을까?

"바다야. 네 말대로 나는 네가 눈 앞에 있을 때만 걱정하는 것일지도 몰라. 그런데 네가 눈 앞에 있을 때만 걱정한다고 해서 그 걱정이 가짜인 것은 아니야. 네가 그렇게 느꼈다니 미안해. 하긴, 처음부터 내가 너에게 바로 달려갔다면 이렇진 않았겠지."

민지는 나를 부담스러울 만치 진지하게 바라보았다.

"그래. 간섭하지 않을 테니까 나중에 꼭 연락해."

민지는 꼼짝도 하지 않고 자리를 지켰다. 나를 도로변에서 떼어내려는 의도 같았다. 나는 몸을 돌려 자리를 떠났다. 스스로가 역겨워졌다. 남자에게 차이고 친구에게 화풀이를 하다니. 한심한 몰골이다. 추한 마음이다. 슬픔을 나누면 배가 된다며 혼자 끌어안기로 해놓고, 친구에게 상처를 주었다. 명백하게 내가 직접 낸 상처였다. 변명의 여지도 없이.

○

산과 내가 처음 싸웠던 날을 기억한다. 무엇 때문에 싸웠는지는 잘 기억이 나질 않는다. 분명 사소한 다툼으로 시작했다는 것만 기억난다. 그 작은 다툼의 불씨는 점점 커졌다. 그 때 우리는 어렸고, 각자의 감정만 내세우는 것이 중요했다. 그도, 나도 자신의 감정에만 집중하느라 상대의 마음이 얼마나 상처를 입고 있는지는 신경 쓰지 못했다. 지하철역 앞 보도에서 말다툼을 하다 기어코 산이 몸을 홱 돌렸다. 나는 산의 등에 대고 말했다.

"가려고?"
"어차피 말이 안 통하잖아."
"그래서 이렇게 그냥 갈 거야?"

산이는 대답하지 않았다. 그저 씩씩대는 어깨를 보여주었을 뿐이다. 나는 한숨을 푹 내쉬고 말했다.

"가. 해결할 의지도 없으면 그냥 가라고."

산은 고개를 돌려서 나를 노려보다가 곧 눈시울이 붉어졌다. 나는 그 모습에 조금 당황했지만 냉랭한 표정을 유지했다. 산은 호흡을 가다듬더니 몸을 돌려서 걷기 시작했다. 나는 그 뒷모습을 지켜봤다. 한참을 멀어진 산은 손을 들어 눈을 비볐다. 나는 아마도 그가 우는 것을 들키기 싫어서 멀리 떨어진 곳에서야 눈물을 닦은 것이리라 추측했다. 나도 그를 울리고 싶지는 않았다. 울고 싶지도 않았고, 싸우고 싶지도 않았다. 그리고 산이 정말 가기를 바라지도 않았다. 그냥 나를 안고, 보듬고, 괜찮다고 말하며, 미안하다고 해주기를 바랐다. 그렇게 한다면 잘잘못을 떠나 나도 미안하다고 말할 마음이 있었다. 그러나 그가 몸을 돌리고 나서야 먼저 미안하다고 말하지 않은 것을 후회했다. 한숨을 쉬며 옆을 보았는데 통창에 내 모습이 비쳤다. 나는 마치 울 것 같은 얼굴을 하고 있었다.

집에 돌아와서 저녁을 먹고 핸드폰을 확인했다. 아직은 산에게서 연락이 없었다. 설거지를 한 뒤 핸드폰을 확인했다. 아직도 산에게서 연락은 없었다. 샤워를 하고 핸드폰을 확인했다. 방 청소를 하고 핸드폰을 확인하고, 책을 읽다가 핸드폰을 확인하고, 공부를 하다가 핸드폰을 확인했다. 그리고 잠들기 전에 핸드폰을 확인했다. 여전히 연락은 없었다.

억울한 마음이 들었다. 내가 뭘 그리 잘못했는가? 나는 산에게 따지기 위해 통화 버튼을 누르려다 망설였다. 산은 뭘 하고 있을까? 연락을 기다리는 나는 신경도 쓰지 않은 채 신나게 놀고 있겠지? 먼저 연락을 하는 것은 왠지 자존심이 상했다. 한참 동안 핸드폰을 노려보고 있는데 전화가 울렸다. 깜짝 놀라서 핸드폰을 떨어뜨릴 뻔했다. 나는 화면에 뜬 이름을 보고 심장이 뛰었다. '강산'. 나는 전화를 받으며 일부러 퉁명스레 말했다.

"왜."

수화기 너머로 산의 숨소리가 들렸다. 왜 말을 하지 않지?

"왜 전화했어?"

산이 한숨을 푹 쉬었다.

[끊어.]
"아!"

내가 작은 탄식을 내뱉자 산이 말했다.

[왜?]

뭔가 억울했다. 고작 이런 통화를 위해 스마트폰에 뜬 이름 두 글자를 보고 설레어 했던가? 그토록 기다린 연락이 이토록 차가워도 되는가? 괜히 마음이 울렁여서 목소리가 떨렸다.

"끊지 마."
[너 울어?]

당황한 산의 목소리가 들렸다. 그 목소리는 어느새 다정하게 돌아와 있었다. 그 목소리가 다정해서 나는 또 감정이 북받쳤고 금세 눈물이 흘렀다. 산이 다급하게 말했다.

[지금 갈게. 조금만 기다려!]

전화가 끊겼다. 끊지 말라고 했는데 전화를 끊었다는 사실이 또 서러웠다. 소리 없이 눈물을 흘리고 있는데 누군가 문을 쾅쾅 두드렸다. 나는 옷 소매로 눈가를 문지르며 문을 열었다. 문 앞에는 산이 서 있었다. 산이 내 방으로 성큼 들어서며 물었다.

"괜찮아? 미안해. 내가 잘못했어."

그렇게 말하는 산은 온 몸이 다 젖어 있었고, 거친 숨을 헐떡대고 있었다.

"너 왜 젖었어?"

내가 훌쩍이며 묻자 산이 대답했다.

"밖에 비와."
"우산 안 썼어?"
"우산 쓰면 못 뛰어."

산은 집에 있다가 바로 뛰어나온 듯 체크무늬 잠옷 바지와 하얀색 반팔티를 입고 있었다. 그 꼴이 우스워서 나도 모르게 웃음이 나왔다.

"택시 타면 되잖아. 이 바보야."
"택시 잡을 틈이 어디 있어. 가까워서 택시 타는 게 더 오래 걸려."

산이 양 손으로 내 얼굴을 잡고 눈물을 닦아주었다. 산의 손이 축축해서 내 눈에 눈물 대신 빗물이 묻었다. 나는 산을 덥석 안았다. 산의 마른 몸은 생각보다 단단했고, 생각보다 컸다. 그리고 축축했다. 산은 몸을 뒤로 빼며 말했다.

"야! 너 옷 다 젖어! 안지 마!"

나는 아랑곳 않고 산을 안았다. 빨리 오려고 빗속을 뛰어왔다는 사실이 기특해서 안아주지 않을 수 없었다.

산은 우리 집에서 샤워를 했다. 내 집에서 남자가 샤워를 한다는 것이 꽤 생소하게 느껴졌다. 나는 침대에 웅크리고 누워서 산이 뛰어 들어왔던 순간을 떠올렸다. 비에 젖은 머리카락이 차분하게 이마에 달라붙어 있었고, 안경에는 빗방울이 방울방울 맺혔다. 그 모습들이 귀엽고 우스웠다.

내가 혼자 웃고 있는데 산이 욕실에서 쭈뼛대며 나왔다. 나에게는 커서 잘 입지 않던 반바지와 평소 오버핏으로 입던 반팔을 입고 있었다. 산이 나를 보고 얼굴을 붉혔다.

"웃지마."

아마 속옷을 입지 않은 것을 부끄러워하는 것 같았다. 나는 그것이 우스워서 또 웃음을 터뜨렸다.

●

퇴근을 하고 집에 돌아오니 허전한 방이 나를 품었다. 민지에게서 나쁜 생각을 하지 말라는 문자가 와 있었다. 민지는 내가 답장을 하지 않는데도 벌써 이틀째 내게 안부 문자를 보냈다. 내가 민지의 안부 문자를 읽었다는 사실이 내가 무사하다는 증거라고 생각하는 듯했다. 나는 이번에도 답장을 하지 않았다.

아직 깔끔한 방을 굳이 한 번 더 청소하고, 쌀을 씻어 밥을 했다. 냉장고에서 밑반찬을 꺼내고, 스팸을 꺼내 한 통을 구웠다. 퍽퍽해서 잘 넘어가지 않는 쌀밥과 스팸을 꾸역꾸역 목으로 넘겼다. 산이 없어도 살겠다고 밥을 먹는구나. 잘도 밥을 넘기는구나 생각이 들었다.

산이 있을 때는 이런 음식도 맛있고 재밌었다. 내 앞에서 내가 구워준 스팸을 먹으며 '요리를 잘한다'고 떠들던 모습이 떠올랐다. 그냥 굽기만 하는 것인데 요리를 잘한다니. 픽 웃음이 나왔다. 설거지를 누가 할 지 가위바위보로 정하자던 모습. 식사를 하고는 능청스럽게 자고 가도 되냐고 묻던 모습이나, 가끔은 자신이 요리를 해주겠다면서 콧바람을 세게도 내뿜던 모습들. 내 집에 참 많은 모습들을 묻혀 놓았구나 생각했다.

어디를 둘러보아도 산이 떠올랐다. 침대에 함께 누워서 내 머리칼을 넘겨주던 모습이나 화장실 앞에 앉아 있기에 뭘 하냐고 물었더니 핸드폰 게임이 안 끝나서 화장실에 못 들어가고 있다며 배시시 웃던 모습.

젖은 머리칼을 제대로 닦지 않고 나와서는 내 앞에서 머리를 흔들어 물방울을 튀기며 장난치던 모습. 취업이 잘 안되어서 새벽에 몰래 한숨을 쉬던 모습.

나를 괴롭히는 것은 이처럼 사소했던 기억들이다. 영화처럼 운명적인 만남이나 결정적으로 사랑에 빠지는 순간이 나를 괴롭히는 것이 아니다. 우리의 사랑은 평범했다. 평범하게 사랑했고, 평범하게 행복했다. 그리고 평범하게 헤어졌다. 그러나 어떤 평범함은 누군가에겐 전혀 평범하지 않은 슬픔을 남기곤 한다. 산과의 사소했던 모든 순간. 함께 웃었던 그 1분 1초들이 참 날카롭게도 나를 괴롭혔다. 6년의 시간은 너무 깊은 시간이었던 것이다.

문득 창 밖을 보니 비가 오고 있었다. 빗소리는 들리지 않았기에 핸드폰으로 날씨를 찾아보았다. 장마가 시작되었으니 우산을 잘 챙기라는 뉴스 기사가 눈에 띄었다. 내 핸드폰 화면에도 빗방울이 떨어졌다. 나는 우산이 없기 때문에 그렇다. 우산이 없는 사람에게 언제 잦아들지 모를 폭우는 견디기 힘든 날씨다.

2부 - 우산

"내 인생은 짧은 영화 같은 것이 아니다. 고작 2시간의 영화가 아닌 나의 하루는 이렇게 벅찰 만큼 다양한 감정들로 채울 수 있는 여백들이 있었다."

-

바쁜 하루였다. 조금의 쉴 틈도 없이 일을 했다. 몸은 고되었지만 마음은 되려 편했다. 산에 대한 그리움은 퇴근을 할 때에야 찾아왔다. 나는 이제 슬픈 소낙비가 잦아들고 있다고 생각했다. 하긴 이제 그럴 때도 되었다. 헤어진 날이 오늘로부터 꽤 멀어져 있었으니까. 얼마나 지났지? 그와의 이별이 까마득한 어제처럼 느껴졌다. 짐을 챙겨 사무실을 나왔다. 회사 입구에 서서 하늘을 보니 조금씩 비가 내리고 있었다. 아침부터 날이 흐리긴 했다. 우산을 챙길까 생각하다 손이 번거롭다고 그냥 나왔던 아침의 내가 원망스러웠다.

"오늘부터 장마래요."

누군가 내게 말을 걸었다. 고개를 돌리니 나와 함께 입사한 남직원이 서있었다. 입사 동기지만 나보다 두 살이 많다고 어른 행세하는 것을 좋아하는 사람이었다.

"그렇군요."

담담하게 대답한 후 택시를 부르려 핸드폰을 들었다.

"우산 안가지고 오셨나요?"

그는 그렇게 말하며 우산을 펼쳤다. 길쭉한 장우산이 활짝 펴진 것이 꽤 넓었다. 남자의 표정을 보니 내게 우산을 씌워주고 싶은 것 같았다.

"네."
"어디까지 가세요? 우산 씌워 드릴게요."

나는 이 남자와 함께 우산을 쓰고 싶지 않았다. 헤어진 것이 얼마 안 되었는데 굳이 오해를 살만한 행동을 하고 싶지도 않았고, 혹여나 내 착각일지라도 다른 사람의 마음에 여지를 주고 싶지 않기 때문이다.

"괜찮아요. 택시 부르려고요."
"택시도 어차피 도로변으로 나가야 하잖아요."
"잠깐이라 괜찮을 것 같아요."
"저번처럼 감기라도 걸리면 어떡해요."
"빗줄기가 약해서 괜찮아요."
"에이. 잠깐인데 부끄러워하지 말고 같이 써요."

끈질기다는 생각이 들었다. 호의로 말하는 사람은 이렇게 끈질기지 않다. 이것은 목적이 있는 행동이다. '네게 우산을 씌워주는 다정한 나'가 필요한 것이다. 그리고 그런 다정한 자신에게 흔들리는, 실연한 지 얼마 되지 않은 여자도. 이렇게 집적대는 것을 나는 좋아하지 않는다. 부담스러운 배려는 배려로써의 기능을 상실한다. 나는 일부러 말을 멈추고 그를 빤히 보았다. 그를 불편하게 만들기 위함이었다. 그의 웃는 표정이 멋쩍어졌을 때 나는 낮고 단호하게 말했다.

"혼자 갈게요. 감사해요."

그제야 그는 빗속으로 걸음을 내디뎠다. 예전에는 이런 일들도 흥미롭고 설렜던 것이 떠올랐다. 그러자 이제는 예전처럼 두근대고 풋풋한 연애는 못하겠다는 생각이 들었다. 서로의 마음을 알지 못한 채 무작정 어설픈 내 마음을 밀어대다가 사랑에 빠지는 일은 어른인 내게는 너무 힘들고 지치는 일로 여겨지게 된 것이다. 첫 연애가 6년간의 긴 연애여서 그런 것일지도 모른다. 사랑이란 이토록 길고, 무거운 것이라는 걸 느껴버렸기에 새로운 시작은 생각만 해도 부담스러웠다.

그런데도 회사의 몇몇 남직원들은 지치지도 않는 것처럼 내게 집적댔다. 같이 밥을 먹자거나, 주말 일정을 물었다. 전부 남자친구가 있을 때는 없었던 일이었다. 그들에게 실연당한 사람은 조금 쉬워 보이는 것일까?

택시를 타느라 비를 조금 맞았다. 생각보다도 더 별 것 아닌 비였다. 그가 막아주려 했던 비는 고작 이 정도의 비다. 문득 산이 떠올랐다. 나는 떠오른 산을 그대로 두었다. 이젠 산을 떠올려도 옛날만큼 아프진 않았다. 그저 가슴 안쪽이 시큰하게 아릴 뿐이었다.

어쩌면 산은 엄청나게 무거웠을 뿐, 내 마음에서 큰 부피를 차지한 것은 아닐지도 모른다는 생각을 했다. 굉장히 중요하고 무거운, 그리고 소중한 추억이었던 것은 맞지만 산을 들어내도 내 삶은 그대로였고, 바꿔는 것은 대부분 사소한 것들뿐이었다.

내 인생에 중요한 사람을 떠올리고 있으니 민지도 떠올랐다. 그날 그렇게 헤어진 이후로 민지와 한 번도 연락을 하지 않았다. 벌써 한 달이 지났다. 지난 한 달간 민지는 한 번도 빠짐없이 매일 아침 내게 안부를 물었다. 내가 초라해질 만큼 다정한 행동이었다. 상처를 주는 친구에게 자존심 한 번 세우지 않고 매일 연락하는 일이 얼마나 큰 우정을 필요로 하는지 나는 알고 있었다. 그렇기에 이제는 죄책감 때문에 연락하기가 더 힘들었다. 미안해서 빨리 연락하고 싶은데, 미안해서 연락할 낯이 없다. 다시 한 번 내 마음이 민지의 연락처 근처를 맴돌기만 하다가 떨어졌다.

내가 한숨을 푹 내쉬자 택시 기사 아저씨가 백미러로 내 표정을 흘끗 살폈다. 나는 창문에 떨어진 작은 빗방울들을 보았다. 창을 타고 천천히 흘러내리는 방울들, 너무 작아 움직이지 않는 방울들, 그리고 창에 새로 내려앉는 방울들. 다양한 모양들이었지만 곧 전부 잊혀질 모양들이었다.

홀로 저녁을 먹는데 민지에게서 또 연락이 왔다. 나는 민지가 왜 이리도 열렬히 연락하는지 궁금했다. 나에 대한 걱정일까? 아니면 나에 대한 어떤 죄책감일까? 나는 매번 연락을 읽고 아무런 답장도 하지 않았다. 답장을 할 염치가 없었다. 염치가 없어서 답장을 하지 않으면 다음날은 더욱 염치가 없게 느껴진다. 그 다음날은 더욱 그랬고, 그 다음날은 더더욱 그랬다.

그렇게 꽤 오랜 날들이 지났다. 그럼에도 민지는 지치지 않았고, 나는 계속 나의 부끄러움에 지쳐갔다. 이제는 정말 답장을 해야 한다는 생각이 들었다. 나는 민지의 연락들을 다시 읽었다. 바다야 괜찮니? 바다야 오늘 날씨가 좋다. 바다야 오늘 비가 온다더라. 우산 챙겨! 바다야 힘들면 연락해. 괜찮으니까. 바다야 미안해…… 그리고 오늘의 연락.

[바다야. 아이스크림 먹고 싶지 않니?]

히죽 웃음이 나왔다. 나는 무어라 답장할지 먹고 있던 저녁이 다 식을 때까지 고민하다가 '응'이라고 보냈다. 그리고 민지에게 긴 편지를 쓰기 시작했다. 그 편지는 사과로 시작해서 감사를 말하고, 다시 사과로 끝났다. 작은 대화창에 가득 찬 편지가 너무 무겁다는 생각이 들었다. 나는 편지 끝에 다시 아이스크림 이야기를 넣을까 고민했다. 함께 먹자고 말할까? 아니면 좋은 아이스크림 가게를 찾아볼까?

한참을 고민하는데 누군가 초인종을 눌렀다. 가장 먼저 든 생각은 산이었다. 이 시간에 찾아올 사람은 없었다. 산을 빼고는. 그러나 산이 날 찾아올 리 없었다. 나는 이제 이런 순간들을 슬퍼하지 않고 자조하며 넘길 수 있게 되었다. 이번에도 픽 웃으며 자조하고는 문을 열었다. 덥고 습한 공기가 방 안으로 훅 밀려왔다. 비에 젖은 땅의 냄새와 콘크리트의 눅눅한 냄새가 났다. 그리고 문 앞에 민지가 활짝 웃으며 서있었다.

“바다야! 무슨 아이스크림을 좋아할지 몰라서 일단 이것저것 사왔어!”

그렇게 말하며 민지는 커다란 검은색 비닐 봉투를 들고는 안을 뒤적거리며 보여주었다.

“이건 바닐라 맛이고, 이건 녹차 맛. 너 원래 초코 맛은 너무 달다고 안 먹잖아. 그런데 지금은 또 먹고 싶을 수도 있으니까 사왔어. 이건 혹시 바 종류는 싫을까 봐 퍼먹는 걸로 사온 거야.”

민지는 아이스크림을 하나하나 다 소개할 것처럼 봉투를 뒤적거렸다. 내 마음이 멋대로 굴러서 현관에 쿵 떨어졌다. 눈시울이 울컥 붉어지는 것이 느껴졌다. 민지는 웃으면서 아이스크림을 소개하다가 내 표정을 보고는 눈을 크게 뜨며 외쳤다.

“너 왜 울어!”

한참 동안 너를 무시했던 내가 대체 뭐가 좋다고 이렇게 잘 해주는 것일까? 이 저녁에 한 걸음에 달려올 만큼 내가 가치 있는 사람이던가? 아직 편지는 보내지도 못했는데, ‘응’이라는 한 글자만 보고 아이스크림을 잔뜩 산 채 집 문을 두드리는 민지의 마음이 너무 따뜻해서 눈시울이 녹아버릴 것 같았다. 민지는 급하게 신발을 벗고 나를 안아주며

등을 토닥였다.

“야 괜찮아. 왜 울어? 아직도 기분이 별로야?”
“미안해서.”

코가 막혀서 발음이 뭉개졌다.

“뭐가 미안해? 왜 미안해?”
“나는 너 연락도 다 무시했는데…”
“오늘 대답했잖아.”
“너한테 화도 냈는데…”

민지가 웃음을 터뜨렸다.

“야! 아이스크림 먹자니까 왜 울고 그래! 나는 네가 아이스크림 먹고 싶다고 말해준 게 너무 신나고 좋았어! 우리 아이스크림 먹자!”

고작 그런 것으로 신이 났다는 것이 너무 투명하게 슬펐다. 나는 참 바보 같은 짓을 했다는 생각이 들었다. 뭐가 혼자 고통을 감내하고 받아들인다는 걸까? 결국 나 자신을 돌보는 것도 벅차서 이런 다정함을 가진 친구에게 상처를 줬는데. 나는 민지의 얼굴을 보았다. 한 달 동안 보지 못했던 얼굴이었다. 마법이라도 걸린 것처럼 또 눈물이 나왔다. 내가 이렇게 헤픈 눈물을 가지고 있는 줄은 몰랐다.

민지와 나는 현관 앞 벽에 기대 앉아서 아이스크림을 먹었다. 내가 울음을 그치지 못하자 민지가 냅다 아이스크림 하나를 내 입에 밀어 넣었기 때문이었다. 우는 사람 입에 아이스크림을 밀어 넣으면서 웃는 사람을 보면 슬펐던 감정도 훌쩍 잦아든다. 민지는 자기도 아이스크림을 하나 입에 물면서 내 옆에 앉았다. 나는 코가 먹먹한 목소리로 말했다.

"나 초코맛 싫어하는데."
"그럼 직접 골라서 먹지 그랬어."

내가 웃자 민지가 함께 웃었다. 저녁 전까지는 불편함 가득한 이야기였던 내 하루가, 죄책감 가득한 이야기가 되고, 다정함이 가득한 이야기로 변했다가, 이젠 편안하고 웃긴 이야기로 변했다. 당장 하루 안에서도 내 감정은 이토록 다채롭게 바뀐다. 내 인생은 짧은 영화 같은 것이 아니다. 고작 2시간의 영화가 아닌 나의 하루는 이렇게 벅찰 만큼 다양한 감정들로 채울 수 있는 여백들이 있었다.

"근데 우리 아이스크림 여기서 먹어야 해?"

민지가 그렇게 말하며 현관을 가리켰다. 비에 조금 젖은 민지의 신발과 내 신발들이 보였다. 내가 멋쩍게 웃자 민지가 익살스럽게 말했다.

"이 집은 손님이 왔는데 냄새나는 현관 앞에 앉히나?"

나는 웃으면서 자리에서 일어났다. 오늘은 민지 덕에 산이 생각나지 않았다.

-

"오빠 무슨 생각해요?"

내 앞에 있던 지연이 물었다. 나는 아까 길에서 봤던 여자를 생각하고 있었다.

"아무 생각 안 해요."

별로 웃기지도 않은 말인데 지연이 웃었다. 민지의 회사 후배라고 했던가? 긴 생머리에 작은 체구. 웃을 때 생기는 보조개. 귀여운 편이라고 생각했다. 민지가 자신의 후배와 밥을 먹자고 했을 때 나는 조금 놀랐다. 나는 재미도 없고, 무뚝뚝한데 왜 굳이 낯선 나와 식사를? 민지에게 어색하지 않겠느냐고 묻자 민지는 이렇게 말했다.

"오빠도 아는 사람인데?"

그렇게 만난 지연을 보는 순간 나는 한 눈에 알아볼 수 있었다. 작년 겨울에 민지와 함께 참여했던 봉사활동에서 함께 일했던 여자였다. 이틀 간 함께 일하면서 나름 농담도 하고 잘 지냈었다고 생각은 했지만, 이런 식으로 만날 줄은 몰랐다.

"오빠, 저보다 세 살 많았죠?"

기억이 나지 않았다.

"글쎄. 지연씨가 몇 살이었죠?"
"저 스물다섯이요."
"세 살 차이 맞네요."

시답지 않은 대화였다. 지연은 내게 이런 저런 일들을 캐물었고, 나는 기계처럼 대답했다. 취미, 음악 취향, 영화, 좋아하는 음식, 가족 관계 등등. 지연이 내게 물었다.

"오빠는 저한테 궁금한 거 없어요?"

나는 어렴풋이 느꼈던 것이 진실임을 확신했다. 이 여자는 내게 관심이 있어서 민지에게 이 만남을 부탁한 것이다. 나는 지연을 빤히 보다가 물었다.

"저에게 관심 있으세요?"
"네?"

지연은 조금 당황한 듯 고개를 뒤로 살짝 빼며 눈을 굴렸다.

"아닌가요?"

지연은 배시시 웃으며 작은 목소리로 말했다.

"맞아요."
"왜 저에게 관심이…?"
"잘 생겨서요."

내 마음에 썩 드는 대답은 아니었다. 그나마 미미하게 있던 내 호기심이 순식간에 잦아들었다. 칭찬이니 고맙긴 했지만 다른 좋은 대답이 있었을 것이란 생각이 들었다. 정서적으로 탐욕스러운 나는 이런 대답을 들으면 상대의 마음이 가벼운 것처럼 여겨지는 것이다. 내가 픽 웃자 용기를 얻었는지 지연이 씩 웃으며 말했다.

"남자들도 예쁜 여자 좋아한다던데."

지연은 제 입으로 그 말을 하곤 부끄러워하고 있었다. 부끄러워할 것이라면 말을 하지 않았으면 되었을 텐데.

"상대가 예뻐서 싫다는 사람은 없죠."

내가 적당히 대답하자 지연은 웃으면서 고개를 내리고 눈을 치켜 떴다. 나름 잘 보이기 위한 본능적인 몸짓 같았다. 그러나 나에겐 그런 육체적 본능들이 우습게 느껴졌다. 나는 사람의 어떤 면에서 매력을 느끼던가? 지나간 연인들이 떠올랐다. 그러나 잊힌 연인들은 내 질문에 답하지 않는다. 지연이 또 말을 걸었으나 잡념에 빠져서 알아듣지 못하고 말았다.

"뭐라고요?"
"같이 술도 한 잔 하실래요?"

"아. 죄송해요. 저는 술을 마시지 않습니다."
"정말요? 왜요?"

술은 나약함의 표상이다. 견디지 못하는 고통을 견디기 위해 술 따위에 의존하는 남자가 되는 것은 사양하고 싶었다. 기분 좋은 날에 취하는 것도 원하지 않았다. 정신이 몽롱한 채로 대체 어떤 행복을 제대로 음미할 수 있단 말인가? 그것은 만찬을 앞에 두고 혀를 마비시키는 것과 비슷하다.

"좋아하지 않거든요. 술은."

지연이 또 수줍게 웃었다. 한숨이 나올 것 같았다. 나는 지연에게 조금도 관심이 없다는 것을 시간이 갈수록 더 뚜렷하게 느끼고 있었다. 나는 손목에 찬 시계를 흘끗 보았다. 벌써 시간이 꽤 지나 있었다. 이젠 슬슬 자리를 파할 시간이다.

"이제 그만 일어나시죠."

지연이 아쉬운 눈빛으로 겉옷을 입고 가방을 들었다.

"카페라도 가실래요? 커피는 좋아하세요?"
"아뇨. 제가 좀 바빠서요."

그렇게 말하고 나는 먼저 가게를 나왔다. 지연이 나를 뒤따라 나와서 물었다.

"그럼 다음에도 봐요. 전화번호 알려 주실래요?"
"죄송해요. 제가 지금은 연애 생각이 없어요."
"나중에 생길 수도 있잖아요."

그녀는 눈썹을 움찔대며 나를 보고 있었다. 저도 모르게 그런 말을 내뱉은 것에 자존심이 상한 것이다. 나는 다시 한 번 완곡하게 거절했다.

"글쎄요. 그럴지도요. 근데 지금은 제가 헤어진 지 얼마 안 되어서 누굴 만나기가 부담스럽네요."

그제야 지연의 표정이 굳었다. 다른 사람의 마음을 거절하는 일은 매번 이렇게 죄스러운 감정이 든다. 그냥 만남 자체를 거절할 걸 그랬다는 후회가 들었다. 이런 만남일까 의심은 했지만 확신하지 못한 것이 문제였다.

"늦기 전에 조심히 들어가세요."

나는 그렇게 말하고는 급히 자리를 떠났다.

-

민지가 아이스크림을 사온 이후 우리는 만나는 횟수가 늘었다. 일주일에 두세 번은 꼭 만나서 밥을 먹고, 카페에 가서 웃고 떠들었다. 점차 산을 만나기 전의 내 모습으로 돌아오는 것 같았다. 그리고 어느 날 카페에서 민지가 내게 물었다.

"이제 너도 주말에 할 거 없으면 나랑 같이 독서 모임 나가지 않을래?"
"독서 모임?"

딱히 끌리는 일은 아니었다. 책은 혼자 읽는 것이 아니던가? 함께 읽으면 좋은 점이 있나? 게다가 그런 모임에는 이성 교제를 목적으로 모임에 나오는 사람이 꼭 있었다. 그런 사람을 비웃거나 흉볼 생각은 없다. 단지 그런 사람이 있으면 모임에 나가는 것이 불편해지곤 했다. 지난 번 민지와 함께 나갔던 탁구 모임이 그랬었다. 운동을 하려고 나갔던 모임이었는데 술자리가 더 많았다. 나는 한 달 만에 그 모임을 그만두었다.

"책 읽고 와서 서로의 감상을 나누는 거야. 내가 생각 못했던 부분을 다른 사람은 생각하기도 하니까."

"또 술자리가 더 많은 모임일까 걱정되는데."
"걱정 마. 여긴 정말 책 좋아하는 사람들만 있어. 술자리는 한 번도 안 가졌어."

나는 책을 그리 많이 읽는 편은 아니었다. 한 달에 한 권. 혹은 두 달에 한 권 정도를 읽었다. 두꺼운 책은 세 달에 걸쳐서 읽기도 했다. 종종 책을 많이 읽어야 한다고 느끼긴 했지만 실천하는 것이 쉽진 않았다. 이 모임이 책 읽는 습관을 들이는 기회가 된다면 괜찮을 것 같았다.

"그래. 한 번 나가볼게."

민지가 소개한 모임은 만남이 꽤 잦았다. 일주일에 한 번씩 독서 모임이 진행되었는데, 그 말은 곧 일주일에 책을 한 권씩 읽어야 한다는 뜻이었다. 내게는 너무 벅찬 일이었기에 나는 격주로 모임에 참여하기로 마음먹었다. 그럼에도 책을 읽는 것이 쉽지 않았다. 민지의 말대로 그 모임은 정말 애독가들의 모임이었던 것이다. 모임에서 선정한 책은 대개 어렵고, 난해하고, 두꺼웠다. 나는 주말 시간을 전부 책에 쏟아서 간신히 첫 번째 모임에 참여할 수 있었다.

모임은 한 카페에서 이루어졌다. 카페는 좁고 높은 건물의 7층에 있었는데, 5층과 6층도 모두 카페였다. 그 카페에는 책이 잔뜩 꽂혀 있었다. 카페 사장님이 이 모임을 만든 사람이었는데 그는 자신의 카페를 북카페라고 소개했다. 모임에는 나를 포함해서 일곱 명의 사람들이 참여했다. 일곱 명 모두 낯선 얼굴들이었다. 모임에 처음 참여한 내가 인사를 하자 한 남자가 내게 아는 체를 했다.

"이렇게 다시 뵙네요."

남자는 호리호리한 인상을 가지고 있었다. 단정한 회색 반팔 셔츠에, 단정하게 빗은 머리. 약간은 날카로워 보이는 커다란 눈. 연신 부드럽게 웃고 있는 입꼬리. 처음 보는 사람이었다. 어디서 보았는지 생각하며 대답을 머뭇거리고 있는데, 내가 대답할 틈도 없이 그가 말했다.

"처음 오신 분 있으니까 다들 자기소개부터 할까요?"

그는 자신을 '천소민'이라고 소개했다. 이름을 들어도 누구인지 기억이 나지 않았다. 나는 그를 기억하지 못한다는 것에서 약간의 불편함을 느끼는데 남자는 내가 기억하지 못하는 것을 신경도 쓰지 않는 것처럼 보였다.

소민이라는 남자는 모임 내내 대화를 주도했다. 날카로운 질문을 던지고, 적절히 맞장구를 쳤으며, 상대가 기분 상하지 않도록 반박을 했다. 모임의 사람들은 정말 철저하게 책 이야기만 했다. 책의 구조가 어떻고, 복선이 어떻고, 상징이 어떻고, 당시 배경이 어떻고…

나는 눈치채지도 못했던 책의 은밀한 부분들이 적나라하게 까발려졌다. 책을 분해해서 들여다보고 다시 조립하는 과정을 눈 앞에서 보고 있는 것 같았다. 원래 책은 이런 식으로 읽는 것일까? 나는 그저 이야기만 읽고 재밌다는 감상만 들고 왔다는 사실이 조금 부끄럽게 느껴졌다. 나는 정신없이 감탄만 하다 모임이 끝났다. 내가 모임에서 한 이야기는 '주인공이 포기하지 않는 모습이 멋지다'는 것 하나뿐이었다.

모임이 끝나고 나는 민지와 함께 엘리베이터를 기다렸다. 다른 모임원들은 엘리베이터를 기다리는 것이 싫다며 계단으로 내려갔지만 나는 복잡한 책의 이야기를 듣는 것만으로도 지쳐서 7층에서 1층까지 계단으로 내려가고 싶지 않았다. 확실히 엘리베이터는 느렸다. 이용하는 사람이 많은지 모든 층에서 한참을 멈추었으니까.

"모임 어땠어?"
"나는 지금까지 책을 제대로 안 읽었구나 생각했어."

내 대답에 민지가 작게 웃었다.
1층에 도착했는데, 계단으로 먼저 내려갔던 소민이 건물 입구에 서있었다. 민지가 그에게 물었다.

"오빠. 왜 안 가고 여기 있어?"

소민이 무심한 표정으로 고개를 슥 돌렸다. 그가 우리를 보더니 딱딱한 표정에 멋쩍은 웃음을 띄었다. 그가 나를 똑바로 보며 말했다.

"미안해요. 아까 아는 척해서. 생각해보니 좀 실례였나 싶더라고요."

무슨 말인지 이해할 수 없었다.

"저희 어디서 본 적 있나요?"

소민은 '아.'하고 잠시 입을 다물었다가 웃으며 말했다.

"기억 못하시면 괜찮겠네요. 안녕히 가세요."

그렇게 말한 그는 민지에게도 잘 가라고 말하곤 곧장 걸음을 옮겼다. 나는 당황스러움을 감추지 못한 채 민지에게 물었다.

"내가 아는 사람이야?"

민지가 잠시 대답을 머뭇거렸다.

"지난 번에 횡단보도에서 마주쳤던 사람. 네가 나에게 화냈던 날에. 기억나?"

그제야 그가 생각났다. 츄리닝에 슬리퍼를 신고 내게 길을 건너지 않느냐고 물었던 남자였다. 그때는 굉장히 차가워 보였기에 내가 그를 떠올리지 못한 것 같았다. 그는 아마 자신이 아는 척을 한 것이 내게 그때의 나쁜 기억을 떠올리게 했다고 추측한 것이리라. 그리 생각하니 약간의 감사함이 느껴졌지만, 아직은 당황스러운 마음이 더 컸다.

-

독서 모임에서 만난 그녀는 길가에 위태롭게 서 있던 때보다 훨씬 밝아 보였다. 아마 민지가 성격 좋게 다독여준 덕인 것 같았다. 그 증거로 민지는 모임 내내 바다가 불편하진 않은 지 수시로 살폈다. 그녀는 좋은 친구를 두었다.

그런데 왜 그녀는 그 때 그렇게 어두운 표정으로 길 옆에 서있었던 것일까? 궁금증이 일었다. 하지만 이 궁금증을 해결할 수는 없을 것이다. 단순한 호기심으로 타인의 상처를 들추는 것은 예의가 아니다. 내 상처도 마찬가지로 마음 깊은 곳에 숨겨 놓지 않았던가?

상처는 그것을 가진 사람이 허락할 때에만 비로소 타인에게 쓰다듬을 기회를 준다. 상처를 쓰다듬는 일은 숭고한 일이다. 쓰다듬는 사람은 제 손이 피로 물들 것을 알면서도 망설이지 않아야 하고, 할 수 있는 한 가장 다정하게 쓰다듬어야 하며, 상처를 내어주는 사람은 그 손길이 두렵더라도 움츠러들지 않아야 한다. 오직 상처받은 인간만이 다른 상처받은 인간을 쓰다듬는 법을 안다. 그것은 신뢰 없이는 할 수 없는 일이기 때문이다. 그렇기에 단순한 호기심으로 다가간 손길은 상처를 덧나게 한다.

나는 내 상처를 돌아보았다. 홀로 더듬은 나의 상처는 여전히 피가 축축하게 묻어 나왔다. 이 피는 도저히 마르지 않는다. 상처가 아픈가 하는 것은 별개의 문제다. 가끔은 아프지 않은 상처에서도 피가 흐른다.

-

민지와 매일 같이 만나서 어울리니 슬픔이란 것이 꽤나 멀리 달아났다. 종종 잠에 들기 전에 우울해지기는 했으나 나의 일상이 꺾일 일은 없을 것처럼 느껴졌다. 하지만 여전히 내 속에 있는 이야기를 꺼내지는 못했다. 그것은 꺼내기에는 너무 깊은 곳까지 가라앉아 버렸다.

무거운 감정들은 가만히 두면 아래로 끊임없이 침잠하다 결국 잊혀진다. 내 감정들은 이제 빛이 들지 않는 곳, 나라는 인간의 표면과 가장 먼 곳을 향하고 있다. 그리고 나는 점점 '그냥 이대로 두어도 괜찮지 않을까?' '이대로 잊혀지면 영영 다시 마주칠 일 없는 감정인 것 아닐까?' 하고 생각했다. 오히려 이 감정을 꺼내려다 나도 저 깊은 곳으로 가라앉을까 두려운 것이다.

가슴이 조금 답답해진 나는 자리에서 일어나 시계를 보았다. 새벽 1시. 평소라면 잠에 들기 위해 노력했겠지만 오늘은 아니다. 내일은 주말이니 조금 늦게 잠들어도 괜찮았다.

나는 창문을 열었다. 이제는 밤바람이 조금 선선해지고 있었다. 시원한 바람을 느끼며 창 밖을 구경했다. 조용한 주택가. 치즈색 고양이 한 마리가 담벼락에 웅크리고 앉아있다. 낡고 더러운 오물이 묻은 쓰레기통, 빛 바랜 아스팔트 도로, 주황색 가로등 불빛, 고요한 자동차들. 어지러운 전선들과 그 사이에 잔뜩 지어 놓은 거미집. 빛을 따라 나는 날벌레와 옅게 들리는 모터의 진동 소리. 그리고 저 멀리서 누군가 걸어오는 것이 보였다. 실루엣은 남자 같았다.

그리고 그 모습이 점점 가까워질수록 내 심장이 고동치기 시작했다. 산의 실루엣이었다. 산이 왜 여기에 있지? 나를 보러 왔나? 나를 찾아 왔나? 나에게 다시 기회가 온 것일까? 머릿속이 산의 생각으로 어지러웠다. 가라앉고 있다고 생각한 산의 기억이 소용돌이치며 표면으로 급하게 부상했다. 누군가 내 마음을 잡고 이리저리 휘젓는 것 같았다. 관자놀이가 쿵쾅대는 것을 느끼며 창문으로 몸을 내밀고 산을 더 자세히 보기 위해 눈을 부릅떴다.

산이 점점 가까워졌다. 지금 그의 이름을 불러볼까? 내 말이 들릴까? 그리고 그가 더 가까워졌을 때 나는 약간의 이질감을 느꼈다. 산과 닮았지만 어딘가 달랐다. 마침내 그가 내 방 창문 바로 앞까지 걸어왔고, 가로등 불빛에 그 모습이 드러났다.

그는 산이 아니었다.

허탈한 마음이 들었다. 내 몸 안에 찬 바람이 숭숭 지나다녔다. 무언가 공허한 마음이, 그러니까 스스로가 한심하게 느껴지면서도 쓸쓸하고 외로운 그런 기분이, 누군가 그리우면서도 동시에 아릿한 통증을 수반하는 그런 떨림이 내 가슴 속에 있었다. 내 마음은 이렇게나 얕았구나. 도저히 봐줄 수 없을 만큼 좁았구나. 가라앉기는 무엇이 가라앉는단 말인가? 산과 닮은 사람을 보았을 뿐인데도 이토록 요동치며 올라오는데. 산의 그림자를 본 것 만으로 화들짝 놀라서 움찔대는 내 입꼬리야. 너는 지독하리만치 자존심이란 것이 없다.

나는 시계를 보았다. 새벽 1시가 조금 넘은 시간. 민지에게 연락을 할까 망설이다 핸드폰을 내려놓았다. 꼭 공허함은 아무도 없는 새벽, 홀로 있는 순간에 찾아온다. 여전히 쿵쾅대는 심장을 부여잡고 침대에 누웠다. 눈을 감고 이불을 머리끝까지 뒤집어썼다. 숨을 깊게 들이쉬고 깊게 내쉬었다. 내 폐가 팽창하고 수축하는 것을 느끼며 천천히. 이 감정이 빨리 사라지길 바라며 내 호흡은 한없이 느려졌다. 내 감정들이 빠르게 나를 지나갔다. 산과의 기억은 좋은 것과 나쁜 것을 가리지 않았다. 모든 순간이 그리워졌고, 나의 이불 속이 슬퍼졌다. 귓가에 빗소리가 들리는 듯 했다.

다음날 나는 무작정 짐을 챙겨 본가로 향했다. 부모님께 연락도 하지 않았다. 본가에 가서 부모님을 보겠다는 것은 아침에 눈을 뜨자마자 충동적으로 든 생각이었다. 같은 서울이라 집은 가깝기도 했고, 연락 없이 온다고 싫어할 분들도 아니었다. 주말을 전부 본가에서 보낼 요량으로 옷가지들을 주로 챙겼다. 다음 독서 모임을 위해 도서관에서 빌린 책도 옷가지 사이 어딘가로 들어갔다. 화장품은 하나도 챙기지 않았다. 나는 씻지도 않고 캡 모자를 푹 눌러쓴 채 짐을 들고 본가 초인종을 눌렀다. 엄마가 문을 열고 나오며 물었다.

“응? 뭐야? 어쩐 일로 왔어?”

어쩐 일로 왔다고 말할까? 그냥 충동적으로 온 것이라 이유를 생각하지 않았다. 헤어져서 왔다고 말하는 것은 싫었다. 너무 무겁기도 했고, 투정 부리러 왔다고 말하는 것 같았으니까.

"엄마가 해준 밥 먹고 싶어서."

그 말에 엄마는 나를 빤히 보다가 다정하게 웃으며 말했다.

"들어와. 나가서 사니까 힘들지?"

엄마는 부엌을 향하며 안방을 향해 내가 왔다고 소리쳤다. 부스럭 소리가 들리더니 아빠가 방에서 천천히 걸어 나오셨다.

"왔니?"
"네. 잘 지내셨어요?"

아빠는 내 말엔 대답하지 않고 밥은 잘 먹고 다니냐? 일은 힘들지 않느냐? 등등 질문을 했다. 질문을 마친 아빠는 자연스럽게 거실 소파에 앉아서 책을 읽기 시작하셨다. 안방에서 읽는 것이 더 편할 텐데 자식이 왔다고 소파에 앉아 계시는 것을 보니 웃음이 나왔다. 나도 아빠 옆에 앉아서 책 읽는 아빠를 방해하며 애교를 부렸다. 아빠는 책 읽는 것을 방해하지 말라고 말했지만 올라가는 입꼬리를 감추지는 못했다. 아빠는 내가 방해하면 방해하는 대로 두었다. 내가 바짝 붙으면 나를 토

닥이기도 했고, 내가 가만히 기대면 내 무게를 온전히 지탱한 채 내 머리를 쓰다듬기도 했다.

"바다야. 밥 먹어라."

엄마가 나를 식탁으로 불렀다. 나는 자리에서 일어나서 식탁으로 갔다. 된장찌개와 조기구이, 밑반찬들이 있었다.

"나 생선 싫어하는데."

엄마가 편식하지 말고 먹으라고 내게 잔소리를 했다. 조기가 몸 어디에 좋은지 이야기가 시작되었다. 그 질책이 간지러워서 웃음이 나왔다. 마음이 편안했다. 언제든 도망쳐 올 수 있는 곳. 사람은 도망칠 곳이 있어야 한다는 생각이 들었다. 이 곳에서 내 편이 아닌 사람은 나밖에 없다.

"엄마 아빠는 안 먹어요?"
"'안 드세요?'라고 해야지. 우리는 이미 아침 다 먹었지. 아침 먹으려면 좀 일찍 오지, 왜 이렇게 애매하게 왔어."

툭하면 잔소리다. 내가 언제 아침 먹으러 왔다고 했나? 나는 입술을 삐죽이며 밥을 먹었다. 쌀밥은 따뜻했고, 된장찌개는 뜨거웠다. 나는 대개 아침을 빵으로 때웠다. 아침 준비는 번거롭고 귀찮은 일이었기 때문이다. 늦잠을 자거나 게을러질 때에는 아침을 거르는 일도 잦았다.

내가 먹는 동안 엄마는 내 옆에 앉아서 이런 저런 이야기를 했다. 옆집 아주머니가 이번에 파마를 했는데 예쁘게 잘 됐다는 이야기, 시골에 있는 이모네 개가 새끼를 일곱 마리나 낳았다는 이야기, 대형 마트에 장을 보러 갔다가 충동적으로 사 온 만두가 너무 맛있다는 이야기 등등. 시시콜콜하고 사소한 것들이었다. 이토록 작고 사소한 것들이 나를 행복하게 만들었다. 나는 힘든 시기에 있었지만 지금 입에 넣는 이 쌀밥이 고소하고 맛있다는 것, 엄마의 잔소리와 아빠의 큼직한 손길이 만족스럽다는 것만은 부인할 수 없는 지금 이 순간의 진실이었다.

밥을 먹고 소파에서 게으름을 피웠다. 그러다 또 점심을 먹고 게으름을 피웠고, 저녁을 먹고는 옛날 내가 쓰던 방 침대에 누워 뒹굴거렸다. 하루 종일 내가 한 것이라고는 게으르게 뒹굴거리다 밥을 먹은 것 밖에 없었다. 아빠는 그런 나를 오며 가며 쓰다듬거나 농담을 던졌고, 엄마는 친구처럼 이런저런 얘기를 시시콜콜 떠들었다. 두 분 다 나를 반가워하고 있다는 것이 느껴져서 행복했다.

얼마 전 밤에는 행복을 잊은 사람처럼 슬펐는데, 지금은 또 슬픔을 잊은 사람처럼 행복하다는 것이 이질적으로 느껴졌다. 널뛰기라도 하는 듯 하루가 멀다 하고 감정이 뒤바뀐다. 스스로가 조울증은 아닐까 의심이 될 지경이었다.

일요일이 되어 집으로 돌아가려 하니 엄마가 반찬을 잔뜩 싸주었다. 무거워서 싫다고 말하자 집에 자주 오지도 않는데 지금 가져가지 않으면 언제 가져갈 것이냐며 잔소리를 했다. 나는 입을 삐죽이며 짐을 들고 현관 앞에 섰다. 그러자 엄마는 나를 빤히 보더니 다시 집 안을 둘러보며 말했다.

"뭐 더 챙겨줄 거 없나…"
"아휴. 됐다니까. 그만 좀 줘. 무거워."

그러자 엄마는 애가 힘이 없다는 둥, 이게 무거우면 일은 어떻게 하냐는 둥 또 잔소리를 했다. 어제는 따뜻했는데 이제는 그만 듣고 싶었다. 사람의 마음이란 이토록 뒤집히기 쉬운 것이다. 아니, 어쩌면 내가 너무 얕고 가벼운 사람인 것일지도.

"이제 갈게."

내가 현관문을 열자 엄마가 못내 아쉬운 듯 말했다.

"집에 자주 와."

닫히는 현관문 사이로 엄마의 얼굴이 좁아졌다. 손에 짐을 잔뜩 들고 있는 탓에 대답할 새도 없이 문이 닫히는 것을 막을 수 없었다. 나는 닫힌 현관문 앞에 조금 오래 서있다가 발걸음을 옮겼다.

-

독서 모임에 바다가 나왔다. 내가 말실수를 한지 2주만이었다. 이번에도 모임 내내 주로 듣기만 하던 그녀는 모임이 끝날 때쯤 불쑥 이렇게 물었다.

"사랑에는 정말 이유가 없는 것일까요?"

사랑에 관한 책을 읽었기 때문에 나온 질문 같았다. 그것은 답을 구하는 질문은 아닌 것처럼 느껴졌다. 그렇다고 자신의 답을 정해 놓은 것 같지도 않았다. 그 묘한 어투에 우리는 모두 잠시 침묵했으나 곧 여럿이 각자 자신의 생각을 늘어 놓기 시작했다. 어떤 남자는 허세 가득한 말투로 가르치려 들었고, 어떤 여자는 이유가 없는 사랑은 현실적이지 않다고 말했다. 다들 한 마디씩 말을 던졌다. 대부분의 의견은 이유가 아예 없지는 않다는 것이었다. 그러자 바다가 말했다.

"그럼 사랑하는 이유가 사라지면 사랑도 상실되나요?"

그 말엔 모두가 대답을 망설였다. 이유 없이 사랑이 시작되지는 않는다. 그러나 이유가 사라진다고 생겨난 사랑이 사라지지도 않는다. 잠시 뒤 누군가 말했다.

"처음엔 이유가 있지만 후에는 감정이 이유를 넘어서는 것 아닐까요?"

모두가 그 대답에 그런 것 같다며 고개를 끄덕였다. 그러나 바다는 고개를 끄덕이지 않았다. 나는 그녀가 여전히 납득하지 못했다고 느꼈다. 모임이 끝나고 엘리베이터 앞에 서 있는데 민지와 바다가 옆에 섰다. 민지가 물었다.

"오늘은 왜 계단으로 안 내려가요?"

나는 바다를 쳐다보았다. 바다가 의문 어린 눈으로 나를 올려 보았다. 나는 잠시 망설이다가 웃는 낯을 유지한 채 부드럽게 말했다.

"저는 사랑엔 이유가 없다고 생각해요."

바다가 묘한 표정으로 물었다.

"그 말을 하려고 엘리베이터 앞에서 기다렸어요?"

나는 고개를 끄덕였다. 민지와 바다는 작게 웃음을 터뜨렸다. 분위기가 풀어지니 마음이 조금 편해졌다. 바다가 웃음을 멈추고 물었다.

"그럼 사랑이 왜 시작되나요?"
"내가 사랑하기로 결정했으니까요."

"왜 사랑하기로 결정한 건데요?"

"내가 그 사람과 함께 보낸 시간 때문이죠."

"그럼 사랑에 이유가 있는 거잖아요."
"그 사람과 함께 시간을 보낸 것은 그 사람이 가진 조건이 아니잖아요. 그것은 사랑의 이유가 아니에요. 우연이죠."

"그럼 모든 사랑은 우연이란 건가요?"
"우연으로 시작해서 운명이라 느끼는 것이 사랑이죠."

바다가 미간을 찌푸린 채 무언가를 곰곰이 생각했다. 엘리베이터가 도착하는 소리가 났고, 바다가 말했다.

"그럼 만약 내가 누군가를 왜 사랑하는지를 안다면 그것은 사랑이 아닌가요?"

"왜 사랑하는지를 아는 순간 진지한 의미의 사랑은 상실된다고 생각해요. 언어에 갇힌 사랑은 더 이상 사랑이 아닌 것 같아서. 어디에도 갇히지 않는 것. 이유도 모르지만 당신을 사랑하고 있는 것. 그것이야말로 진정한 사랑 아닐까요?"

그녀의 표정이 굳었다. 순간 아차 싶었다. 또 말을 너무 많이 했구나 생각했다. 그녀도 더 이상 내게 대답하거나 묻지 않았다. 우리는 함께 엘리베이터에 올랐다.

-

나는 산을 떠올렸다. 첫 만남, 이름에서부터 느꼈던 그 친밀감과 호감을. 그리고 아직도 여전히 그가 내 평생의 운명이라 믿는 지금을. 나는 운명처럼 사랑을 시작했다고 여겼다. 그를 사랑하는 이유를 대려면 수십가지도 댈 수 있었다. 그런데 이 남자는 사랑에는 이유가 없어야 한다고 말한다. 그런 사랑은 너무 차갑지 않은가? 상대와는 관계없이 그냥 우연히 옆에 있기 때문에 사랑했을 뿐이라는 말은. 너무 삭막하지 않은가?

"난 이유가 있어서 사랑해."

민지가 불쑥 말했다. 그녀는 진지한 눈으로 소민을 보고 있었다.

"가끔은 사랑하고 싶어서 이유를 찾기도 해. 한 가지 좋은 모습을 보고 그 사람이 사랑스럽다 느끼면 다른 좋은 모습을 보려고 노력하기도 하지. 어느 한 쪽만이 진실일 필요가 있을까?"

소민은 민지에게 부드러운 표정으로 말했다.

"네 말도 결국 누군가를 조건 없이 좋아한다는 뜻이야. 그 사람이 어떤 사람인지와 관계없이 너의 태도가 사랑을 결정한다는 뜻이니까."

엘리베이터가 1층에 도착했다. 순식간에 진행된 대화는 나와 너무 달라서 소화하기 어려웠다. 나는 그를 따라 내리면서 물었다.

"사랑이 상대와 상관없는 나만의 것이라면 왜 사랑하는 사람을 잃었을 때 이렇게 슬픈 거죠?"

조금 조급하게 묻느라 따지는 듯한 말투로 말해버렸다. 그는 잠시 나를 빤히 보더니 씁쓸한 표정을 지으며 말했다.

"그건 상대를 잃어버린 것이 아니라 나를 잃어버린 거니까."

그 말이 나와 너무 비슷해서 명치가 아릿했다.

집에 돌아오는 내내 그가 했던 말들을 생각했다. 많은 생각들이 머릿속을 스쳤다. 대부분은 사랑이 무엇인지, 그리고 나와 산이 했던 것은 사랑이었는지, 아니라면 어디서부터 아니었는지, 맞다면 어디까지가 사랑이었던 것인지 등이었다. 그의 말대로라면 내가 산에게 품은 사랑은 산과 관계없이 나의 것이다. 그러니 산이 없다고 사라지지 않는다. 나는 영영 산을 사랑하며 이 슬픔 속에서 살아야 한다는 뜻이다. 끝나지 않는 슬픔의 비라니. 이것이 지옥이 아니면 무엇이란 말인가?

나는 생각을 멈추고 침대에 누웠다. 금세 피로가 몰려왔다. 그리고 잠들기 전 문득 소민의 씁쓸했던 표정이 떠올랐다. 상대를 잃은 것이 아니라 나를 잃어버린 것이라는 말. 나와 너무도 비슷한 감정의 결. 그도 혹시 사랑을 상실한 것은 아닐까? 그렇다면 그가 가엾게 느껴졌다. 그토록 삭막한 사상을 가진 사람은 나보다도 더욱 삭막하고 거친 아픔을 가지고 있을 것으로 여겨졌기 때문이다. 나는 내 자신의 평안도 갖지 못했으면서 그가 평안하기를 바랐다.

이제 가을이었다. 장마도 지나갔고, 여름도 지나갔다. 높아진 하늘과 은행잎으로 노랗게 물드는 거리가 있었다. 나는 굳이 은행잎들을 밟으며 독서 모임을 향했다. 지난 몇 달 동안 모임에 참여하는 것이 꽤 익숙해졌다. 읽은 책의 내용을 머릿속으로 정리하며 걷다 보면 좁고 높은 건물이 보인다. 1층에는 매번 소민이 엘리베이터를 기다리고 있다. 생활 습관이 비슷한 것인지 모임에 올 때면 항상 그와 엘리베이터 앞에서 마주쳤다. 나도, 그도 매번 같은 시간에 모임에 도착하는 것이었다.

오늘도 어김없이 소민이 엘리베이터 앞에 서 있었고, 나 또한 지난번과 같은 시간에 엘리베이터 앞에 도착했다. 내가 옆에 서자 소민이 고개를 돌렸다. 소민은 딱딱한 표정으로 서 있다가 나를 보자 특유의 부드러운 웃음을 띄었다.

"안녕하세요."
"안녕하세요."

우리는 아무런 대화도 하지 않았다. 지난번 사랑에 대해 대화를 나눈 이후로 쭉 이런 느낌이었다. 그는 다른 남자들과 달리 나에게 눈웃음을 보내거나, 자신을 과시하거나, 번호를 물어보거나 하지 않았다. 그는 나와 접점을 만들기 위한 노력을 단 하나도 하지 않았다. 나 또한 마찬가지였다. 단지 우리는 가만히 서서 서로를 안타까워하고 있음을 느꼈다. 그는 나를 긍휼히 여기고, 나는 그를 가엾이 여겼다. 그것들이 값싼 동정일지, 깊은 공감일지는 모른다. 그저 그를 볼 때면 동질감을 느끼다가도 모든 것이 부질없다 생각되고, 허탈하다가도 강렬한 안타까움이 느껴지는 것이다.

엘리베이터 문이 열렸다. 우리는 같이 엘리베이터에 올랐다. 그에게서 파란 숲의 향기가 났다. 그것이 기껍게 느껴졌다.

이제는 책을 읽는 것도 꽤 익숙해졌다. 책의 재미도 알 것 같았다. 책은 나도 몰랐던 내 감정을 콕 집어서 묘사해주기도 했고, 어렴풋이 알고 있던 무언가를 구체적으로 정리해주기도 했다. 독서는 내가 살면서 보는 모습들에 더 많은 디테일을 더하는 일이라고 생각되었다. 그리고 그렇게 생겨난 디테일들은 산과의 추억에 더 많은 색과 향을 입혔다. 나는 더욱 행복해지면서 동시에 더욱 슬퍼졌다.

모임은 즐거웠다. 책을 읽는 것이 익숙해졌기 때문이기도 했고, 모임원들과 친해졌기 때문이기도 했다. 나를 의식하고 있다고 느껴지는 남자들이 몇 있긴 했지만, 절대 내가 부담스러울 만큼 다가오거나 친밀하게 굴지는 않아서 좋았다. 우리는 서로의 개인사를 절대 묻지 않았다. 아는 것이라고는 오직 이름뿐이었다. 또 우리는 책에 대한 이야기만을 떠들었으며, 농담을 하더라도 범박한 것들을 말하며 웃었다. 모임에서만큼은 내가 누구인지와 상관없이 즐거울 수 있었다.

모임이 끝나면 나는 민지와 함께 카페를 나선다. 귀갓길의 절반 정도는 민지와 이야기를 나누며 함께 하고, 나머지 절반은 홀로 풍경을 구경하며 집으로 돌아간다.

함께였던 내가 혼자가 되면, 슬픔은 은밀하게 고개를 들고 내게 왜 슬퍼하지 않느냐고 묻는다. 그러면 낮에 기뻤던 일들이 우울로 바뀌어서 다시 찾아온다. 내 감정의 기복은 그 폭이 줄어들 기미를 보이지 않았다. 혼자 있을 때는 우울하고 슬펐으나 누군가와 함께 있을 때는 즐겁고 기뻤다. 이제는 어느 쪽이 내 진짜 모습인지도 헷갈렸다. 나는 여름이 다 지나간 지금도 타인이 씌워준 우산 없이는 비를 맞고 있는 것이다. 누군가 막아주지 않으면 이 비를 피하지 못하는 사람이 되어버렸다.

문득 소민은 어떻게 이런 감정을 견디는지 궁금해졌다. 분명 그도 나와 같은 상실의 아픔을 겪었음을 지난 문답에서 본능적으로 느꼈다. 그는 이미 극복한 것일까? 그렇다면 어떻게 극복했을까? 그것이 궁금해졌다.

퇴근을 한 뒤 산책을 나섰다. 장마는 끝났고, 가을은 무르익었기 때문이다. 시간이 더 지나면 날이 추워서 산책을 하기 힘들 것 같았다. 계절

이 바뀌니 도시의 모습은 또 바뀌었다. 노을지는 콘크리트 도시. 태양빛을 강렬하게 반사하는 고층 건물의 유리창들. 저마다 모여서 걷는 사람들. 주황빛으로 보이는 횡단보도. 검은 색과 하얀색이 번갈아 늘어선 횡단보도는 주황색 태양빛으로 물들어서 이제는 저것이 정말 검은색인지 흰색인지도 헷갈렸다.

나는 그 이도저도 아닌 횡단보도 앞에 서서 신호등이 초록불로 바뀌기를 기다렸다. 그 때 누군가 옆에 다가와서 가까이 섰다. 나는 반사적으로 몸을 조금 옮기며 옆을 보았다. 그곳엔 소민이 서 있었다. 그가 웃으며 인사를 건네었다.

“안녕하세요.”
“안녕하세요.”

그는 굉장히 지치고 피로해 보였다. 하얀 폴라니트에 고동색 코트를 입고 있었는데, 아침 저녁으로는 쌀쌀해서 괜찮지만 낮에는 꽤 더웠을 것 같다는 생각이 들었다. 그가 물었다.

“집에 가는 길이세요?”
“아뇨. 그냥 산책이요.”
“그렇군요.”

그는 그렇게 말하고는 옅게 웃었다. 그 모습이 조금 피로해 보였다.

"많이 피곤해 보이시네요."
"어제 잠을 못 자서요."

"왜요? 무슨 일 있으셨나요?"
"아뇨. 별 것은 아니고 그냥 불면증이 좀 있어요."

무어라 말해야 할지 모르겠다. 그것 참 안됐네요? 너무 피곤하시겠어요? 어울리는 말을 찾지 못한 나는 그냥 입을 다물었다. 그리고 문득 궁금해졌다. 혹시 이 사람도 누군가와 헤어진 지 얼마 지나지 않아서 불면증을 앓는 것은 아닐까? 그리고 지난번 그가 던진 화두가 떠올랐다.

"혹시…"

대뜸 입을 열었던 나는 잠시 망설였다. 너무 뜬금없다는 생각이 들었다. 이런 무거운 주제를 갑자기, 신호를 기다리는 횡단보도 앞에서 꺼내도 될까? 나는 망설였지만 그가 나를 빤히 바라보자 나도 모르게 말을 잇게 되었다.

"…나를 상실한 일은 어떻게 극복을 해야 하죠?"

그는 나를 빤히 보았다. 그의 입꼬리에는 여전히 옅은 웃음이 걸려 있었지만 눈빛은 조금 사납게 느껴졌다. 그 날카로운 눈빛이 마치 내 생각을 읽고 있는 것처럼 생각되었다. 그는 내가 숨을 세 번쯤 몰아 쉬었을 때 천천히 입을 열었다.

"그것은 극복하는 것이 아니에요. 그냥 언젠가 아픔이 사라지길 기다리는 것이죠."
"어떻게 해야 빨리 사라지나요?"

그가 하늘을 보았다. 하늘을 보며 감상에 젖는 사람은 대개 마음이 아픈 사람인 것을 나는 안다.

"어떤 사랑은 잊혀지는 데 한 달이 걸리고, 어떤 사랑은 일 년이 걸리고, 어떤 사랑은 십 년이 걸리기도 해요. 그리고 어떤 사랑은 영원히 잊혀지지 않기도 해요."

어떤 섬세한 불안감이 교묘하게 내 마음을 파고 들었다. 그가 나를 보며 말했다.

"한 번 사라진 '나'는 다시는 돌아오지 않아요. 그건 누군가 가져가버린 것이니까. 나는 영원히 상실을 안고 살아야 하죠. 단지 새로운 것들로 삶을 채우기 시작하면 상실이 차지하는 비중이 줄어들 거예요."

그 말이 너무나 옳다고 생각되었다. 그래서 너무나 두려웠다. 나는 영원한 상실에 묶인 것이다. 산이 가져가고 돌려주지 않은 '나'의 상실에.

나는 두려움에 쫓기듯 물었다.

"삶을 새로운 것들로 채우려면 어떻게 해야 하죠? 잃어버린 것이 너무 소중해서 도저히 새로운 것들로 채워지지 않는다면?"

"그렇다면 새로운 것들을 채우기 전에 지금 잃어버리지 않은 것을 더 크게 만들어야겠네요."
"그건 어떻게 하는 건가요?"

그는 미간을 찌푸린 채 고민했다. 신호등이 녹색으로 바뀌었고, 다시 빨간색이 되었다. 나는 초조하게 그의 대답을 기다렸다. 그가 턱을 문지르던 손을 내리며 말했다.

"그건 누군가 알려줄 수 있는 일이 아니에요. 알려준다고 할 수 있는 일도 아니고. 스스로 해야만 하는 일이죠."

원하는 대답이 아니었다. 조급해진 나는 급히 물었다.

"당신은 어떻게 했는데요?"

그는 웃었다.

"나는 상실마저 사랑하기로 했어요."

노을로 물들었던 횡단보도는 어느새 다가온 땅거미에 흰색과 검은색의 경계를 잃고 모두 회색이 되었다. 나는 나의 소나기를 떠올렸다. 영원히 사랑하지 못할 차가운 빗줄기를.

3부 - 바다

"상실은 다시 찾을 수 없기에 상실이다. 인간과 인간 사이의 관계란 비가역적인 것이어서 한 번이라도 반응하면 절대 이전과 같을 수 없게 되는 것이다."

-

내 마음의 지평이 수축했다. 좁아지고 좁아진 내 마음은 산의 빈자리를 더 크게 느꼈다. 그리고 산을 보고 싶은 충동이 일었다. 그간 잘 잦아들었다 생각한 충동이었다. 어쩌면 내 상처는 낫고 있었던 것이 아니라, 외면하고 있는 사이 곪아버린 것일지도 모른다는 생각이 들었다. 다른 사람들로 덮으려 했던 기억들. 가족으로, 친구로, 낯선 타인과의 모임으로 덧칠해서 외면하려 했던 산의 기억들. 호기롭게 상처를 온전히 다 받아들이겠다고 다짐했다가 실패했던 자국들. 내 마음에 비가 흘린 눈물 자국이 깊게 패였다.

나는 산을 다시 만나야 한다는 생각을 했다. 그가 사라진 자리는 영원히 공백으로 남을 것이다. 다시 그를 가져와서 채워두지 않으면 안된다. 하늘이 까마득하게 멀어졌고, 밋밋한 평지 또한 어지럽게 흩어졌다. 나는 높은 산을 보고 걷는 사람처럼 횡단보도를 건넜다.

"괜찮아요?"

옆을 보니 소민이 서 있었다. 아직 가지 않은 건가? 그가 너무 커서 부담스럽게 느껴졌다. 나는 그에게 말했다.

"괜찮아요. 먼저 갈게요."

그는 잠시 무언가를 망설이는 것 같았다. 나는 그를 뒤로한 채 빠르게 걸었다. '나'라는 사람이 낯설게 느껴졌다. 혹시 나는 미친 것일까? 괜찮아지다가도 이렇게 급격한 추락을 겪는다는 것이 가능한 일인가? 혹은 이렇게 아프다가도 사람들 사이에서 웃는 것이 가능한 일이었나? 정신병이라도 생긴 것 아닌가? 나도 내 마음을 도통 모르겠다. 다음에는 어느 방향으로 내 마음이 튀어나갈지 예측을 할 수가 없었다. 나는 충동적으로 걸음을 옮겼고, 나도 모르는 사이 산의 집 앞에 도착해 있었다.

산의 집을 코앞에 두고 나서야 머리가 차갑게 식었다. 어쩌자고 여길 왔을까? 헤어진 이후로 한 번도 그에게 매달리지 않았다는 후회가 내 마음에 남아 있었던 것일까? 혹여나 내가 매달렸으면 달랐을까 싶은 알량하고 얕은 추측으로 이 곳에 왔단 말인가? 7층짜리 건물을 보며 산이의 방이 있을 3층은 어디일까 창문을 세고 있는데, 공동 현관문이 열리는 소리가 들렸다. 그리고 산이 걸어 나왔다. 이런 우연을 바라지는 않았다. 하지만 동시에 이런 우연이 반갑기도 했다.

산은 나를 보고 눈을 크게 뜨며 멈추어 섰다. 집에서 쉬다가 나온 것인지 잠옷바지와 조금 변색된 하얀색 반팔을 입고 있었다. 산이의 표정이 다채롭게 바뀌었다. 그리고는 곧 나를 향해 걸어왔다. 지난번과 같이 그림자를 착각한 것이 아니라 정말 내가 알던 산이 내게 걸어오는 중이었다. 느린 걸음. 슬리퍼가 땅에 끌리는 소리. 작은 모래 알갱이들의 마찰 소리. 옷이 흔들리는 소리. 곧 그의 숨소리가 들릴 만큼 가까워졌다.

"여긴 왜 왔어?"

몇 달 만에 듣는 산의 목소리였다. 그의 표정은 묘했다. 나는 그 표정에서 도저히 감정을 읽어낼 수 없었다. 그는 기뻐하고 있을까? 짜증을 내고 있을까?

"그냥."

이유를 대기가 마땅치 않아서 그냥이라고 대답했다. 정말 그냥이기도 했다. 나도 내 마음을 몰랐으니까. 어쩌다 여기로 온 것인지 나조차도 헤아리지 못하는 내 마음을 어떻게 남에게 고백할까? 산의 짙은 고동색 눈동자가 나를 한참이나 바라보았다. 나 또한 그를 지긋이 쳐다봤다. 곧 산이 몸을 돌렸다.

"난 들어갈게. 조심히 가."
"왜?"

"왜냐니?"
"뭔가 하려고 나온 것 아니야? 내가 있다고 그냥 들어갈 필요 없어."

그 말에 산은 무언가를 망설이더니 뒷머리를 벅벅 긁었다. 그리고는 내게 '잘가'라고 내뱉고는 조금 떨어진 곳으로 가서 섰다. 그는 나를 힐끔대며 또 한참을 망설이더니 다시 물었다.

"언제까지 서 있을 건데?"
"네가 담배 태우고 들어갈 때까지."

나는 그의 주머니에 불룩하게 튀어나온 직사각 모양을 놓치지 않았다. 산은 내가 알기로 담배를 전혀 피우지 않았다. 사귀는 동안 나를 속인 것일까? 아니면 나와 헤어지고 그도 힘든 시간을 보낸 것일까?

산은 조금 놀란 눈으로 나를 보더니 곧 굳은 표정으로 숨을 '하!' 하고 내뱉었다. 그는 능숙하게 바지에서 담뱃갑을 꺼냈다. 그 안에서 라이터와 담배 한 개비를 꺼내서는 담배를 입에 물고 라이터를 켜서 불을 붙였다. 어둠 속에서 작고 빨간 빛이 불그스름하게 빛났다.

"언제부터 피웠어?"
"몰라도 돼."

그가 연기를 내뱉으며 귀찮다는 듯 말했다. 나는 약간의 분노를 느꼈다. 몸에 좋지 않은 짓을 한다는 것에 대한 분노와 혹시 나를 속였을지도 모른다는 것에 대한 분노. 나는 그에게 다가가서 말했다.

"나도 하나 줘."

산은 담배 냄새가 가득한 숨을 내쉬며 말했다.

"안돼."
"왜?"

"몸에 안 좋아."
"너는 피우잖아."

산은 반쯤 태운 담배를 바닥에 버리더니 발로 비벼서 껐다. 그리고는 인상을 찌푸리며 몸을 돌려서 현관문을 향해 걷기 시작했다. 꽁초는 여전히 길 위에 덩그러니 남아 있었다.

무언가를 기대하고 산의 집 앞에 온 것은 아니다. 그러나 이런 실망스러운 모습을 보려고 온 것 또한 아니었다. 아니다. 사람이 담배를 피울 수도 있는 것 아닌가? 담배를 피우는 모습이 왜 실망스러웠을까? 내게 먼저 헤어짐을 고하고 자기파괴적인 행동을 하는 것 때문에? 나는 왜 '나도 하나 줘'라고 말했을까? 정말 담배를 피우고 싶어서? 아니다. 나는 담배를 피우고 싶지 않았다. 산이도 피우지 않았으면 했다. 내가 기억하는 산의 모습으로 남겨두고 싶어서. 산을 나처럼 여겨서. 내 추억에 묶어두고 싶어서.

"산이야."

내가 부르자 산이는 뒤를 돌아보았다. 그 표정이 너무 차가워서 다행이었다. 이제야 산을 보낼 수 있을 것 같았다.

"잘 지내. 그 동안 사랑해줘서 고마웠어."

산이의 차가운 표정이 잠깐 풀어졌다. 나는 활짝 웃기 위해 최대한 노력하곤 몸을 돌렸다. 그렇다. 헤어짐은 이렇게 해야 하는 것이다. 비 오는 날 울면서 서로의 얼굴을 보는 것도 꺼리는 채로 하는 것이 아니라, 이렇게 맑은 날에 웃음으로 상대에게 안녕을 고하는 것이다.

"너도 잘 지내."

산의 목소리를 듣고 나는 발걸음을 옮겼다. 상실은 다시 찾을 수 없기에 상실이다. 인간과 인간 사이의 관계란 비가역적인 것이어서 한 번이라도 반응하면 절대 이전과 같을 수 없게 되는 것이다. 마음이 홀가분했다. 내 마음에 빈자리가 있음을 인정하고, 다시 채울 수 없음을 인정했더니 나타난 것이었다. 그러나 상실을 사랑하는 일은 여전히 할 수 없었고, 나는 여전히 홀가분하게 슬펐다.

이상하게 발걸음이 가벼웠다. 갑작스레 산을 찾은 이 조급함, 이 간절함은 내 마음에 남아 있던 산에 대한 잔불이 마지막으로 타올랐을 뿐인 일로 여겨졌다. 불그스름한 잔불을 뒤적이다 보면 잠깐 불이 일어나지만 그것은 금세 사라지고 회색 재들만 남는 것이다.

산의 차가운 표정. 자기파괴적인 행동. 우리에게 앞으로 교차점은 없다고 말하는 듯한 평행한 말투. 그 모든 것들이 한 줌의 희망도 주지 않아서 마음이 편했다. 물론 가끔은 산을 떠올리며 가슴이 미어지기도 하고, 그립기도 하겠지.

그러나 이전처럼 죽을 듯 아프진 않을 것이다. 나의 장마가 끝나가고 있었다.

-

사랑이란 무엇일까? 처음부터 웅장한 것으로 시작하는 사랑이 있던가? 세상에 그런 사랑은 없다. 첫 시작이 충격적이거나 의미를 부여하기 쉬운 장면일 수는 있다. 외모가 폭력적일 만큼 아름다워서 가슴을 고동치게 하거나, 우연히 이름이 비슷하거나, 취향이 너무 닮아 있거나, 혹은 여행지에서 우연히 만난 이성이 알고 보니 같은 대학 같은 과의 선후배 사이였다던가 하는 그런 일들 말이다.

그러나 그 충격과 낯섦을 우리는 사랑이라 부르지는 않는다. 그것은 잔잔한 호수에 던져진 조약돌 같은 것이다. 바람 한 점 없던 호수도 일렁일 수 있다고 말해주는 조약돌. 조약돌이 일으킨 파문을 계속해서 이어갈지는 뱃사공의 노질이 정한다.

바다에게 느낀 감정도 마찬가지였다. 사랑을 느꼈나? 그렇지 않다. 내가 느낀 것은 조약돌이 일으킨 호기심이었다. 우수에 찬 눈으로 차도를 바라보는 여자를 보며 '왜?'라는 의문을 떠올리지 않는 사람은 드물 것이다. 그 '왜?'라는 의문이 조약돌이 되었다. 독서 모임에서 만났을 때 나는 나도 모르게 아는 체를 했다. 나는 왜 아는 체를 했을까? 왜 나는 그녀에게 사랑이 무엇인지 말해주기 위해 엘리베이터에서 기다렸을까? 은연중에 그녀가 내게 던진 조약돌의 파문을 느낀 것이 아닐까?

그렇지만 이 관심이 나의 마음을 '그녀에 대한 사랑'까지 인도할지는 다른 문제이다. 이 세상에 호기심을 불러일으키는 사람은 많았다. 바다가 그 사람들보다 뛰어나거나 더 나은 조건을 가진 것은 아니다. 그러니 내가 바다에게 묘한 특별함을 부여하게 된 것 또한 바다가 가진 어떠한 조건 때문이 아니다.

단지 나는 그녀를 안타깝게 여겼다. 이런 동정심도 사랑으로 발전하게 될까? 나는 사랑이란 것을 시작하고 싶지 않았다. 하지만 그녀를 가만히 내버려두고 싶지도 않았다. 그렇기에 나는 그녀를 뒤따라 가는 첫 번째 노를 저은 것이다.

집으로 돌아가는 길에 빗방울이 떨어지기 시작했다. 또 비다. 그러나 이 가을비가 차갑게 느껴지지는 않았다. 내리려면 내리라지. 나는 비가 내려도 집까지 걸어갈 수 있었다. 빗방울이 굵어지기 시작할 때 뒤에서 뚜벅뚜벅 발소리가 들려왔다. 고개를 돌리니 소민이 나를 향해 다가오고 있었다. 처음 든 생각은 왜 이곳에 있을까? 다음으로 든 생각은 나와 산을 봤을까? 그러자 약간의 불쾌감이 일었다. 그는 내게 다가와서 우산을 건네었다.

"이거 쓰세요."
"괜찮아요."

그러자 소민은 나를 빤히 보더니 우산을 접었다.

"우산을 왜 접어요?"
"당신은 고집이 세 보이고, 나는 옆 사람이 비를 맞는데 혼자 우산을 쓰는 사람이 되고 싶진 않으니까요."

불쾌감이 사라지고 웃음이 조금 새어 나왔다. 그는 정말 우산을 접어서 손에 들고 내 옆에서 걷기 시작했다.

"집까지 걸어서 가나요?"
"네."

그는 입을 다물었고 우리는 함께 걸었다. 그는 평소에 항상 웃는 얼굴이었지만 지금은 웃지 않았다. 약간은 무뚝뚝하고, 약간은 다정한 것도 같은 밋밋한 얼굴이었다. 비가 점점 굵어지기에 내가 말했다.

"우산 쓰세요."
"같이 쓸 건가요?"

"아니요."
"그렇군요."

그는 여전히 우산을 손에 쥔 채 걸었다. 그의 고집을 이해할 수 없었다. 왜 굳이 나를 따라와서 같이 비를 맞을까? 혹시 나를 동정하는 것일까?

"혹시 다 봤어요?"
"어떤 것 말인가요?"

"제가 산이를 만난 것이요."
"그 남자 이름이 산인가요?"

봤다는 뜻이었다. 나는 고개를 끄덕여 주었다.

"멋진 이름이네요."

그는 괜히 뒤를 한 번 돌아보고는 말을 이었다.

“만난 것은 봤어요. 그런데 무슨 이야기를 했는지는 듣지 못했어요. 불쾌했다면 미안해요.”
“치부를 들킨 것 같아서 조금 불쾌하긴 했어요.”

그가 걸으면서 나를 힐끔 보았다. 나도 그의 얼굴을 잠깐 올려다보았다. 빗물이 그의 얼굴을 타고 흐르고 있었다. 머리카락도 푹 젖어서 이마와 볼에 달라붙은 것이 조금 우스웠다.

“누군가를 사랑했던 일은 치부가 될 수 없어요. 상처도 부끄러운 것은 아니죠.”

그 말이 맞았다. 나는 산을 사랑했던 6년을 후회하지 않았다. 그것이 부끄럽지도 않았다. 나는 왜 그것을 치부라고 생각했을까?

“보통 상처가 많은 사람은 약해 보이고 싶지 않아서 상처를 감추더군요. 감추는 것은 대개 이유 없이 치부로 여겨지기도 하고요.”

“그러네요. 당신도 상처를 감추는 편인가요?”

그는 내 질문에 미간을 찌푸리고 턱을 만지며 한참을 고민했다. 비가 더 굵어져서 신발 안에 물이 가득 찼을 때 그가 말했다.

"굳이 감추진 않지만 굳이 보여주지도 않는 것 같군요."

"어떤 상처가 있으신데요?"
"누구나 그렇겠지만 저도 사랑하는 사람을 잃은 상처가 있죠."

"언제 헤어졌죠?"
"작년 겨울이요."

"힘들진 않았나요?"
"굉장히 힘들었죠. 슬펐고."

"어떻게 그 슬픔을 견뎠나요?"
"저는 슬픔을 가지고 있긴 했지만 슬픈 사람이 되진 않았어요."

"그게 무슨 뜻이죠?"

"슬픔을 가지게 되었지만, 내 인생의 한 부분이 슬픔이 되었을 뿐이죠. 슬픔까지 모두 내 인생이잖아요. 단점을 하나 가지고 있다고 해서 그 사람이 못난 사람은 아닌 것처럼, 제 인생에 슬픈 부분이 생겼다고 제가 슬픈 사람이 된 것은 아니에요."

그는 빗방울 때문에 눈을 찡그리면서도 하늘을 휙 올려다보더니 말을 이었다.

"하늘을 한 번 봐요. 하늘이 예쁘다고 말하는 것은 보통 구름까지 포함하는 것이잖아요. 하늘이 흐리다고 말하는 것도 구름을 포함하죠. 하지만 구름이 하늘의 소유인 것은 아니고, 어떤 구름이 있든 하늘은 하늘이에요."

그 말이 내게 많은 생각을 하게 만들었다. 슬픔을 받아들여 소화해내고, 다시 가져야만 온전한 내가 된다고 생각했던 것과 달리 그는 그 슬픔, 상실의 불완전함까지 포함한 자신의 인생이 완전한 자신이라고 말했다.

나는 스스로를 동정하고, 깎아내리고 있었던 것이다. 나 자신을 불완전하다고 여기면서 완전해지기 위한 방법들을 찾고 있었다. 나는 이제야 불완전한 나를 받아들이기 위해 노력할 수 있을 것 같았다. 그렇다. 광활한 바다는 비가 내린다고 슬퍼하지 않는다. 바다는 모든 비를 삼킬 수 있다. 우연하게도 나 또한 바다였다.

"그렇지만 그렇게 생각한다고 그 상처가 아프지 않게 되는 것은 아니잖아요."
"물론 아프죠. 하지만 아프기만 하지는 않겠죠."

"만약 계속 아프면 어떡하죠? 함께한 6년의 시간이 너무 깊어서 그가 잊혀지지 않는다면? 그럼 계속 아프지 않을까요? 당신이 어떤 사랑은 평생 잊혀지지 않기도 한다면서요."

“당신이 잊지 못하는 것은 그가 아니라 그를 좋아했던 6년 간의 당신이에요.”

이 사람과 이야기를 하다 보니 내 상처가 점점 보잘 것 없는 것으로 변하는 것 같았다. 내 상처는 아직 낫지 않았는데. 그리고 모순적이게도 나는 아직 아프고 싶다는 생각이 들었다. 이렇게 빨리 괜찮아지고 싶지 않았다. 이리도 빨리 평안해진다면 산에 대한 내 마음이 마치 가짜였던 것처럼 여겨질 것 같았다. 아직은 홀가분하게 포기한, 그런 견딜 수 있을만한 아픔 정도에 머무는 것. 그것이 내가 나아지는 적당한 속도라고 생각했다.

“나는 아직 아프고 싶은데 자꾸 괜찮아져요. 근데 괜찮아졌다 싶으면 아프기도 해요. 그럴때면 내가 사랑을 했구나 싶어서 안심이 되는 동시에 두려워져요. 이 아픔이 영영 가시지 않으면 어쩌지? 계속 이렇게 괜찮다가도 또 참을 수 없이 아파진다면 내가 버틸 수 있을까? 그런 생각이 들어요.”

“아직 상처가 아무는 중이라 그래요. 그냥 아물게 둬요. 굳이 손을 대지 말고.”
“나는 누군가 내 상처를 헤집고 찢고 더듬어서 아프게 해주면 좋겠어요. 나는 차라리 내가 망가졌으면 좋겠어요.”

그러자 그가 걸음을 멈추고 나를 빤히 바라보았다. 나 또한 걸음을 멈추고 그를 보았다. 그의 표정은 굉장히 슬퍼 보였다. 그가 조용히 속삭였다.

“당신의 상처를 헤집어도 망가지는 것은 상처일 거예요. 당신은 괜찮아질 거고.”

빗소리에 묻혀서 희미하게 들린 그 말이 마치 자신은 내 상처를 헤집을 수 있다고 말하는 것 같았다. 나는 평안한 빗속에서 그에게 말했다.

“나를 엉망진창으로 만들어줘요.”

그녀의 말이 내게 불을 지폈다. 그녀가 내게 사랑해달라고 말하거나, 예뻐해달라거나, 위로해달라고 했다면 나는 차분하게 그녀를 다독였을 것이다. 그러나 엉망진창으로 만들어달라는 말은 내게 신선한 충격으로 다가왔다. 나 또한 겪었던 감정이었고, 동시에 말로 명료하게 표현하지 못했던 감정이었다. 이렇게도 말할 수 있구나. 이렇게나 솔직하게 상처를 내보일 수 있구나.

그 문장은 결단이자 경고였던 것이다. 나를 망가뜨릴 각오 없이는 다가오지 말라는, 망가진 나까지 보듬을 자신이 없다면 망가뜨리지도 말라는 그런 경고. 그와 동시에 나는 과거의 감정을 부정하지 않겠다는 결단.

나는 손에 들고 있던 우산을 길 위에 버렸다. 그리고 바다를 집까지 바래다주었다. 그녀는 입꼬리를 약간 올리고 눈꼬리는 슬며시 내리며 내게 인사를 하고 집으로 들어갔다. 그 표정이 어떤 표정인지 나는 아직도 모른다.

인간의 감정에 이름을 붙인 것은 누구인가? 그 광활한 스펙트럼에 과연 구획을 나누어 이름을 붙인다는 것이 가능한 일인가? 그녀의 표정에 붙은 감정에 어떤 이름이 붙을 수 있는지를 나는 아직도 모른다.

나는 나라는 존재의 깊이도 가늠하지 못하는 인간이다. 타인의 표정으로만 퍼 올릴 수 있는 감정을 가늠하는 것이 가능할 리 없다. 영원히 그 표면만을 핥을 수 있음에도 나는 무심코 기대를 하고 말아 버린다. 그녀의 상처를 내가 이해할 수 있을 것이란 오만한 기대를, 내가 그 상처를 엉망진창으로 다정하게 여길 수 있을 것이란 기대를. 그리고 그렇게 하면 나는 언젠가 그녀를 사랑하게 되겠지.

나는 그녀를 사랑하고 싶지 않았다. 아직은 누군가를 사랑한다는 것에 대한 거리낌이 내 이성에 남아 있었기 때문이다. 그러나 그와 동시에 그럼에도 그녀를 내 마음 속으로 다정하게 내팽개치고 싶은 폭력적인 충동이 내 감정에 일었다. 이 모순된 내 마음 속에서 이성은 그리 큰 힘을 가지지 못한다. 늘상 그랬듯이 이성은 감정의 노예이기 때문이다.

-

소민과 헤어지고 집에 들어오니 문득 그의 연락처를 모른다는 것이 떠올랐다. 그리고 아까 했던 말들이 전부 부끄럽게 생각되었다. 엉망진창으로 만들어달라니. 그것이 이제야 마음이 홀가분해진 사람이 뱉을 소리던가? 게다가 아직은 낯설게 느껴지는 남자에게?

나는 내가 왜 그런 말을 했는지 한참을 고민하고 나서야 그라는 남자에게 기댄 것이 아니라 그 남자의 깊이에 기댄 것이라는 결론을 내렸다. 한 인간의 깊이가 타인을 얼마나 허우적대게 만들 수 있는지를 나는 오늘에서야 깨달은 것이다. 겪어보지 못한 깊이는 가늠할 수 없는 발걸음을 디딜 때 더 예상치 못한 곳으로, 더 예상치 못한 방법으로 인간을 떨어뜨린다. 내 마음 저 깊은 곳에 있던 나의 마음이 나보다 깊은 사람을 만나자 훌쩍 굴러떨어져 버린 것이다.

인간관계는 중력과 비슷한 것일지도 모른다는 생각을 했다. 중력은 깊이를 만든다. 한 인간이 가진 중력이 강할수록 그 깊이는 깊어지고 가까이 다가간 타인은 속절없이 그에게 끌려가서 마음을 부딪치게 된다. 나와 산이 서로의 깊이에 굴러 떨어진 것 같이, 다른 이들도 저마다의 중력으로 저마다의 인연에게 끌려가는 것이다.

소민의 중력은 강한 편이었다. 생각해보면 항상 눈에 띄었고, 그가 하는 말은 대부분 날 고민하게 만들었으며, 사람들의 중심에 있는 것처럼 여겨졌으니까. 나와 같이 얄팍하고 얕은 인간과는 재질이 다른 인간인 것이다.

독서 모임에 나갈 때가 되니 소민과 엘리베이터 앞에서 마주치는 것이 조금 부끄럽게 여겨졌다. 매번 엘리베이터 앞에서 같은 시간에 마주쳤으니 오늘은 조금 늦게 나가기로 생각한 나는 현관 앞에서 5분 정도를 미적거리다 집을 나섰다. 마음 같아서는 조금 더 미적대고 싶었지만 지각을 할 순 없었다.

독서 모임을 하는 건물의 머리가 보이기 시작했다. 좁고 높은 그 건물은 외벽이 새하얀 페인트로 칠해져 있었고, 창문이 많았다. 꼭 장난감처럼 여겨져서 넘어지기 쉬워 보인다는 생각이 들었다. 건물이 가까워지고 1층에 있는 엘리베이터가 보였다. 그리고 그 앞에 소민이 서 있었다. 나는 시계를 보았다. 분명 평소보다 조금 늦게 도착했다. 소민도 오늘은 조금 늦은 것일까? 이런 우연이 반가우면서도 불편했다.

소민의 앞에 엘리베이터 문이 열리는 것이 보였다. 그가 엘리베이터에 탈 것이라 생각한 나는 안도의 숨을 내쉬었다. 그러나 소민은 엘리베이터를 타지 않았다. 그는 미동도 하지 않고 엘리베이터 앞에 서 있었다. 엘리베이터 문이 닫히고 다시 위층으로 올라갔다. 느린 걸음으로 내가 엘리베이터 앞에 도착하자 소민이 나를 보며 밝게 웃었다.

"왔어요?"
"네."

그것으로 대화는 끝이었다. 내가 오기를 기다린 것이 분명한 이 남자는 내게 말을 걸지 않았다. 혹시 지난 모든 모임에서 그는 나를 기다렸다가 엘리베이터에 올랐던 것일까? 곧 엘리베이터가 다시 1층에 도착했고, 우리는 조용히 엘리베이터에 올랐다. 엘리베이터가 천천히 올라가기 시작하자 그가 말했다.

“늦었네요.”

나는 잘못한 것도 아닌데 조금 뜨끔한 기분이 되었다.

“네.”

그가 나를 향해 몸을 기울이며 물었다.

“모임 끝나고 뭐해요?”

나를 향해 기울인 그의 얼굴에서 파리한 눈꺼풀과 기다란 속눈썹이 보였다. 그에게서 상쾌한 향기가 났다. 솔잎과 비슷한 향이었다. 마치 가을 바람의 냄새처럼 느껴지기도 했다.

“아무것도 안 해요.”
“그럼 나랑 산책해요.”

산책 정도야 별 일 아닌 것으로 여겨졌기에 나는 그러겠다고 말했다.

전혀 집중하지 못한 독서 모임이 끝나고, 그는 나를 데리고 도시를 걸었다. 산책로가 잘 되어 있는 공원이나 한강변도 아니었다. 차들이 오가고 가게들의 간판이 늘어서 있는, 가로등 빛과 카페에서 흘러나온 빛들이 도보를 물들이는 거리를 걸었다.

"평소에도 이런 길을 산책하나요?"

내 질문에 그는 씩 웃으며 답했다.

"아니요. 저는 산책 별로 안 좋아해요."
"그럼 왜 산책하자고 말했어요?"

그는 대답하지 않고 딴청을 피우더니 옆에 있던 카페를 가리키며 말했다.

"여기는 제가 자주 가는 카페예요. 손님이 많지 않고 커피가 맛있어서 자주 가요. 곧 사람이 붐비게 될 것 같아서 조금 아쉽지만 그렇게 되는 것이 더 좋은 일이겠죠."

"커피 좋아하세요?"
"아니요. 근데 이 카페에 다니면서 싫어하지 않게 되었어요. 별 생각 없던 것을 좋아하게 되는 것보다 싫어하던 것을 싫어하지 않게 되는 일이 더 어려우니까 이 카페의 커피는 엄청나게 맛있다는 뜻이죠."
"그럴듯하네요."

그는 또 조금 걷다가 한 식당을 가리켰다.

"저기는 제가 자주 가는 식당이에요. 저에게 식사는 조금 귀찮은 것이라서 값이 싸고 간편하게 먹을 수 있는 것을 좋아하거든요."

식당 간판에는 '나무선인장'이라고 쓰여 있었다.

"무슨 가게죠? 식물을 파나요?"
"카레를 팔아요. 카레 좋아하나요?"
"전 카레 안 먹어요. 이상하게 먹으면 자꾸 역한 기분이 들어서…"

"그래요? 아쉽네요. 맛있는 가게인데."
"지금 무슨 맛집 투어라도 하고 있는 건가요?"

그는 또 빙긋이 웃고는 길 건너편을 가리켰다.

"저기 작은 공원 보여요? 애들 놀이터 있는 공원이요."

나는 고개를 끄덕였다. 놀이터에는 중학생으로 보이는 아이 둘이 그

네를 타고 있었다. 이 어두운 시간에 그네에 앉아 있는 것을 보니 둘이 서 저들만의 진지한 이야기라도 나누는 것 같았다.

"누가 저 그네에서 오줌 쌌대요."
"뭐라고요?"

정말 듣고 싶지 않은 이야기였다. 그와 동시에 우습다는 생각이 들었다. 진지하다고만 생각했던 남자의 입에서 애들처럼 유치한 말이 나올 줄은 몰랐다.

"몇 년 전이라 그러던데 한 꼬마 여자아이였다고 하더군요."

내가 알고 싶지 않은 정보였다고 말하자 그는 또 웃음을 흘렸다. 그가 웃자 작은 입김이 나왔다. 이번에 그는 골목길로 들어서며 말했다.

"이 길은 겨울이 되면 눈이 녹질 않아서 사람들이 자주 넘어지는 곳이에요."
"위험하군요."
"아주 재밌죠. 어른이 되면 미끄러질 일이 흔치 않으니까요."

"소민씨 되게 이상한 사람인 거 알아요?"
"네. 알고 있어요. 그것보다 눈이 내리면 여기서 눈싸움 할래요? 날씨가 많이 추워져서 눈 내리는 날이 머지않은 것 같은데."

"저희 성인이에요."
"그러니까 하는 말이에요. 아이들은 눈이 오면 당연히 눈을 가지고 노는데 어른이 되면 짐짓 무거운 표정으로 눈을 흘끔대기만 하니까요."

그는 이런 식으로 자신이 좋아하는 책방, 산책로, 공원, 심지어는 자신이 가장 많이 이용한다는 버스 정류장까지 알려주었다. 나는 도저히 종잡을 수 없었다. 왜 내게 이런 것들을 보여주는 것인지, 왜 나와 산책을 하는 것인지. 답답해진 마음에 나는 그에게 직설적으로 물었다.

"소민씨 저 좋아해요?"

소민은 눈을 크게 뜨고 나를 보더니 크게 웃음을 터뜨렸다.

"보통 좋아하는 여자한테 오줌싸개 이야기를 하진 않죠?"

그 말을 듣자 약간 부끄러워졌다. 역시 나의 착각이었구나 싶었다.

"근데 좋아하게 될 것 같다는 생각이 드네요. 바다씨는 굉장히 낯설고 어렵고 까다롭고 복잡하거든요."

그의 말은 놀라웠고 동시에 애매했다. 내가 산에게 느꼈던 감정이기도 했다. 왠지 좋아하게 될 것 같은 그 예감. 꼭 그는 예기치 못한 순간에 내 마음을 치고 들어온다.

"칭찬인가요?"
"당연하죠."

가로등 밑을 지날 때 그의 커다란 눈이 빛을 스치며 반짝였다. 덕분에 속눈썹이 그림자를 드리우기도 한다는 사실을 알 수 있었다. 괜히 부끄러운 마음이 들었다.

그리고 그것이 죄책감이 되어 나를 괴롭게 했다. 아직 산과 헤어진 것이 몇 달 밖에 지나지 않았는데 다른 사람에게 덜컥 설렌다는 것이 나를 가벼운 여자로 느껴지게 했기 때문이다. 6년간의 사랑이 진심이라면 어떻게 몇 달 만에 다른 남자를 매력적이라고 생각할 수 있단 말인가? 내 마음이 이렇게 가벼울 리 없는데.

"여기가 우리 집이에요."

그가 말했다. 앞을 보니 원룸 건물들이 줄지어 늘어서 있었는데 그중 가장 깔끔한 외관을 가진 곳이었다. 그가 내게 정중하게 말했다.

"바래다줘서 고마워요."
"네?"

그가 장난스럽게 웃었다. 그 모습이 우스워서 나도 함께 웃으며 물었다.

"지금 본인 집 보여주려고 산책한 거예요?"

그러자 그가 중요한 비밀을 말할 것처럼 양 옆을 흘끔거리며 내게 몸을 기울이더니 가까이 오라고 손짓했다. 내가 가까이 가자 그가 내 귀에 속삭였다.

"제가 좋아하는 곳들을 알려줬으니까 이제 우리 우연히 만날 수 있어요."

소민의 말이 맞았다. 길을 걷다 그가 말한 카페를 발견하면 나도 모르게 소민이 있나 내부를 유심히 살피게 되었다. 버스 정류장을 지날 때면 혹시 그가 있나 흘끔 대었고, 산책로 벤치에 누군가 앉아 있으면 그의 뒷모습인가 궁금해했다. 그가 말했던 가게, 공원, 식당, 책방 따위가 전부 소민을 떠올리게 만드는 것이다. 그의 연락처를 모른다는 사실 때문에 더욱 그랬다. 그는 왜 내 연락처를 묻지 않았을까? 내가 이런 마음을 가지길 바란 것일까?

하루는 용기를 내서 그가 커피가 맛있다고 했던 카페에 갔다. 카페는 생각보다 작았으나 예쁘게 꾸며져 있었다. 다양한 조명들과 부드러운 색이 섞인 푹신한 의자들. 벽에 꽂힌 책들과 문을 장식한 엽서와 포스터까지. 카운터 뒤쪽 벽엔 새파란 바다를 그린 그림이 걸려 있었다. 카페를 운영하는 사장님은 30대로 보이는 여자였는데 목소리가 경쾌했고, 웃는 얼굴로 손님을 반겼다. 활력 있어 보이는 사장님의 기세에 눌

려서 나는 조용히 커피 한 잔을 주문했다.

나는 최대한 구석진 자리에 앉아서 커피를 마셨다. 소민은 이 카페의 커피가 맛있다고 했는데, 나는 커피에 조예가 깊지 않았기에 이것이 맛있는 커피인지 아닌지 구분하기 힘들었다.

아니, 어쩌면 소민 때문인지도 모른다. 커피에 집중하려 했는데 자꾸 소민이 떠올랐기 때문이다. 이 남자는 옆에 없을 때도 나를 귀찮게 한다. 나는 카페를 휙 둘러보았다. 여전히 소민은 없었다. 괜히 분한 마음도 생겼다. 이 카페를 좋아한다더니 코빼기도 보이지 않는다. 벌써 열흘이 넘게 이 길을 지나면서 단 한 번도 카페에 소민이 있는 것을 보지 못했다. 게다가 분한 마음을 가진 내 모습도 마음에 들지 않았다.

내가 입술을 삐죽이며 다시 커피를 홀짝이고 있는데 카페 사장님이 쟁반에 무엇인가를 들고 내게 다가왔다. 의문스럽게 쳐다보고 있으니 사장님은 내 앞에 쿠키 두 개가 담긴 접시를 하나 내려 놓으며 말했다.

"바다님 맞으시죠?"
"네? 네, 맞아요."

내가 영문을 모르겠다는 표정을 짓자 그녀가 말했다.

"소민이가 바다님 오면 드리라고 미리 결제해놓고 갔어요."

나는 얼떨떨한 마음으로 사장님께 감사하다고 말했다. 사장님은 나를 보며 귀엽다는 듯 웃고는 쟁반을 들고 카운터로 돌아갔다. 놀람과 낯선 기쁨이 합쳐지자 기분이 좋았다. 쿠키는 하나는 녹색이었고 하나는 갈색이었다. 맛을 보니 녹차와 아몬드인 것 같았다. 초콜릿 맛이 아니라 다행이라고 생각했다. 그런데 내가 바다라는 것을 사장님은 어떻게 아셨을까?

커피와 쿠키를 전부 먹고 가게를 나서며 나는 사장님께 물었다.

"혹시 제가 바다인 건 어떻게 아셨어요?"

그러자 그녀는 웃으며 대답했다.

"웬 예쁜 여자가 들어와서 카페 안을 계속 두리번대거든 그 사람이 바다님이라고 했어요. 연락처도 없고 사진도 없다 그래서 대체 어떻게 알아보나 했는데 정말 딱 보니까 알겠더라고요."

왠지 진 것 같은 기분이 들었다. 내가 이렇게 간파 당하기 쉬운 인간이었나? 나는 잘 먹었다고 인사를 하고는 카페를 나섰다.

그리고 카페 앞에서 소민을 마주쳤다. 그는 크림진에 갈색 코듀로이 점퍼를 입고 있었고, 머리엔 파란색 챙이 달린 하얀 모자를 쓰고 있었다. 그가 나를 보고 놀란 표정을 짓더니 씩 웃었다.

"저 기다렸죠."
"아니요."

"그럼 이 카페 왜 왔어요?"
"커피가 맛있다고 추천해줬잖아요."
"쿠키 먹었어요?"

대답하고 싶지 않아서 나는 입을 꾹 다물고 괜히 주위를 둘러보았다. 그는 여전히 능글맞게 웃으며 나를 보고 있었다. 내 대답을 기다리고 있는 것이다. 나는 느리게 입을 열었다.

"네. 먹었어요."
"아는지 모르겠지만 그거 나와의 우연을 기다렸다는 증거예요."

그렇게 말한 그가 통창 너머로 카페 사장님과 인사를 나눴다. 사장님은 우리를 보며 입을 가리고 어깨를 들썩이며 웃었다. 그것이 부끄러워서 나는 걸음을 옮겼다. 그러자 소민이 나를 따라오며 말했다.

"어디가요?"
"집이요."

"좋아요. 같이 가요."
"집에 왜 같이 가요?"

"나를 기다린 사람을 그냥 보낼 수는 없잖아요. 집까지 바래다 줄게요."
"가서 커피나 마셔요."

그러자 그가 소리 내어 웃더니 대뜸 말했다.

"손 잡을래요?"

광대와 콧등이 뜨거워지는 것이 느껴졌다. 놀란 내가 그를 보자 그가 또 웃음을 터뜨렸다.

"엉망진창으로 만들어 줄게요."

"어디가 엉망진창인 건데요?"
"지금 당신 마음. 갈피를 못 잡고 자꾸 나한테 기울잖아요. 내가 당신의 나쁜 기억들을 전부 훑어서 내 것으로 덮는 바람에 엉망진창이잖아요."

즐거웠던 기분에 순식간에 죄책감이 붙었다. 내 표정이 굳어지자 그도 진지한 표정을 지으며 말했다.

"내가 엉망진창으로 다정하게 대해 줄게요."
"이건 고백 아닌가요?"

“이건 선언이에요. 이제부터 당신에게 불변의 마음을 주겠다는 선언.”

웃기는 사람이었다.

“싫어요.”

그러나 싫지 않았다.

-

여전히 사랑이 무엇인지 모르겠다. 그러니 이별을 어떻게 다뤄야 하는 것인지도 여전히 희미하다. 어쩌면 이별이란 인간이 영영 정복하지 못할 무엇인지도 모른다. 그저 계속 안고 살아가야 하는, 상실을 받아들여야만 하는 일일지도.

그러나 바다가 모든 비를 삼킬 수 있는 것처럼, 인간은 자신의 삶이라면 그것이 무엇이든 받아들일 수 있을만한 넓이와 깊이를 가지고 있다. 내가 그러했던 것처럼 인간이라면 누구나.

어떤 인간이든 자신만의 바다에서 각자의 풍랑으로 인해 방황한다. 그러나 언젠가 소나기는 그치고, 풍랑은 잦아든다. 그리고 방황 끝에 맑은 하늘이 보이면 이렇게 생각하고 마는 것이다.

이 바다에서 방황할 수 있어서 다행이라고.

작가의 말 _ 날씨 '소나기'

누군가 저에게 '너는 연애 소설을 써 볼 생각은 없냐'고 물었을 때 저는 이별 소설을 떠올렸습니다. 사랑을 시작하는 것은 누구나 쉽게 할 수 있지만, 사랑을 정리하는 것은 누구에게나 어려운 일이니까요. 그런데 세상에 연애 소설은 많지만 이별 소설은 많지 않습니다.

이것은 이별에 관한 이야기입니다. 그리고 이별에 대한 이야기는 필연적으로 사랑에 대한 이야기일 수밖에 없습니다. 사랑이 없는 이별은 존재하지 않거든요.

'이별은 어떻게 극복되는가?' '진실한 사랑이라면 그 상실을 극복할 수 있을까?' 이 두 가지 질문으로 소설을 써내려 갔습니다. 여러 페이지에 달하는 이 소설은 결국 이 두 문장을 깊이 더듬기 위해 그려진 커다란 도화지 같은 것입니다.

눈치채셨겠지만 등장인물들의 이름에는 모두 의미가 있습니다. 강과 산의 이름을 가진 '강산', '바다', 하늘 천, 하늘 소, 하늘 민 이라는 한자로 구성된 '천소민', '민무늬'라는 단어에 쓰이듯 아무것도 없다는 뜻의 '민'을 사용해서, 굴곡이 없는 평평한 땅을 뜻하는 '민지'까지요. 모두 물이 순환하는 자연입니다.

산은 높고, 바다는 깊습니다. 광활한 평야는 투명하리 만치 건너의 풍경을 보여주고, 자신의 마음을 감추지 않습니다. 산은 강을 통해 바다로 슬픔을 흘려 보내고, 하늘은 바다가 올려주는 슬픈 구름을 기꺼이 받고자 마음먹습니다. 하늘은 단 한 번도 바다의 구름을 피하는 법이 없습니다.

비는 바다에서 증발하여 하늘로 올라가고, 구름이 되어 산으로 갔다가, 다시 강을 타고 흘러 바다로 들어갑니다. 산에게 주었던 마음도 하늘로 올린 마음도 모두 바다로부터 나온 것이죠. 그렇기에 바다는 구름이 자신을 떠나가는 것을 슬퍼하지 않고, 비가 자신에게 내려오는 것을 거절하지 않습니다. 바다는 모든 비를 삼켜낼 수 있습니다. 그렇기에 저의 결론은 이렇습니다.

내가 사랑해주지 않았다면 상대는 사랑받을만한 존재가 아니었을 것. 내가 사랑했으니 상대는 사랑스러워진 것. 그렇기에 사랑이란 곧 선택하는 것. 따라서 이별이란 극복하는 것이 아니라 견뎌내며 희미해지는 것이고, 그것이 희미하게 변한다고 그 사랑이 진실하지 않았던 것은 아니라는 것.

이 글을 읽은 당신께서 사랑에 대해 내린 결론이 나와 다르다고 해도 그것을 부정하고 싶은 생각은 없습니다. 사랑에는 정답이 없으니 누구라도 각자의 답을 가지고 있을 수 있기 때문입니다. 단지 제 글이 당신에게 깊은 질문으로 닿았기를 진심으로 바랍니다. 감사합니다.